KB070292

박남준의 악양편지

박남준의 악양편지

하늘을 걸어가거나
바다를 날아오거나

한겨레출판

1부
......
누구를 꾀자고 너는 그렇게

차례

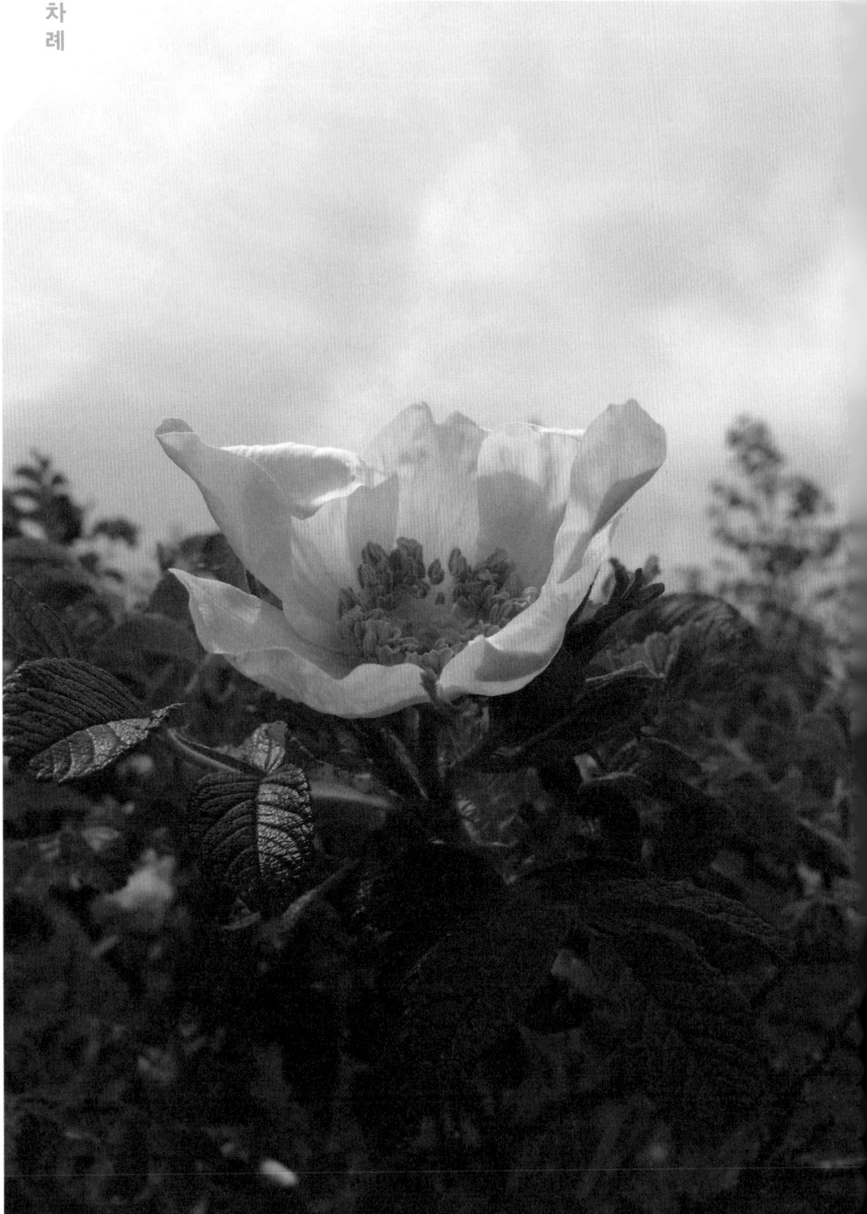

2부
······
그러든가 말든가

차
례

3부

그러니까 나를 약 올리려고

1부
······
누구를 꾀자고 너는 그렇게

편지

다 마른 곶감 어디에 담을까 여기저기 뒤적뒤적 궁리를 하다가
보내온 선물 모두 나누어 먹은 빈 바구리가 눈에 띄었다
깨끗이 씻어 햇볕에 말린 그 바구리

한 줄 한 줄 곶감을 걷어서
손질을 한다
주물럭주물럭 꼼지락꼼지락
곶감도 햇빛과 달과 별빛 처마 끝을 드나들던 겨울바람에 늙었으리라
주름이 깊다

한지를 깔고 그 위에
하나 둘 셋 차렷 열중쉬어 차리여엇
앞으로나란히

어허 아니 이것들이
키가 왜 이렇게 들쑥날쑥거린다냐
똑바로 못 서 이렇게 이렇게 앞으로나란히 좌우로 정렬
아으~ 이것들이 정말 얼차려 시켜줄까
도대체 말발이 안 먹히네

그렇게 나는 또 편지를 썼다

지리산의 햇빛과 바람, 새소리와 처마 끝 풍경 소리와 작은 개울물 소
리를 엮어서 곶감을 만들었습니다. 양도 많지 않고 때깔도 그리 곱지는
않지만 맛보시기 바랍니다. 깨끗이 말리기는 했으나 땀내 나는 제 손길
이 꼼지락꼼지락 간을 더하여 심심하지는 않을 것입니다.

아저씨 이거 위아래가 바뀌면 절대 안 되는 것인데요
뭔데요? 곶감이오
택배 아저씨가 영수증에 '상하주의' 이렇게 쓴다
설날이라고 다들 누군가에게 선물 꾸러미를 보내느라
우체국에도 농협에도 일하는 손길들이 바쁘다 🌿

봄날

입춘, 햇볕이 너무 좋아서 밀린 빨래를,
세탁기를 사용하면 안 된다는 귀찮은 옷가지들
지리산에 올라갔다 내려와서 한쪽 구석 벗어놓은 한 보따리 옷 잔뜩
쌓여 있었는데
으싸으싸 팔목이 아프고 허리가 시큰거린다
빨랫줄에 빨래를 널고 무심코 이제쯤 올라올 때가 안 되었나 생각하며
마당 여기저기 살펴보는데 앗!
복수초가 꽃대를 밀어 올렸다
야- 너 나왔구나 반갑다 반가워
조금은 호들갑스레 인사를 건넨다 잠깐만 기다려 사진 찍어줄게
낙엽 부스러기를 걷어내고 겨울나기 파초 위에 덮어놓은 톱밥을 슬슬
뿌린 후 찰칵찰칵
내일은 조금 더 피겠지 꽃잎을 슬쩍 열어 노란 속살을 보여줄 거야

드디어 내일이 되었다
어젯밤엔 조금 추웠다 뒤뜰 연못에 살얼음이 살살거렸는데
이윽고 꽃잎을 여는 복수초꽃
햇볕이 닿기 시작하고 한 시간쯤 쪼그리고 앉아 여름과 가을,
지난겨울 동안 흘러간 세상의 이야기를 들려주며 기다렸더니
이렇게 노란 속살을 아효효효~
내일은 더 보여줄 것이다 🍂

입춘주 하러 가야지

입춘대길이니 건양다경이니
써 붙인다 어쩐다 한다지만
아침에 눈을 떠보니 영하 7도란다
악양이 이럴 정도면 여간 추운 게 아니다
하긴 며칠 전보다는 그래도 많이 풀렸다
그 밤 분명히 물을 조금 틀어놓았는데도 방 안에 물이 얼어서
오후 늦게까지 나오지 않았으니 말이다

입춘날은 부지런히 몸을 움직여야 한다는 옛말이 있다
그러니까 일을 열심히 하라는 것인데,
그래 입춘맞이 청소를 좀 해야지
개울가와 화장실 가는 길 구절초 마른 대궁들
잘 말랐으면 베어서 종이봉투나 삼베주머니에 넣어
두고두고 향기를 가까이하려 했는데
작년 겨울 잦은 비로 상태가 마음에 들지 않았다

싹뚝싹뚝
낫과 전정가위와 갈퀴와 대나무 빗자루를 동원하여
자르고 베고 끌어모으고 쓸어내니
그래 보기 좀 괜찮다

땀 흘린 만큼이다

마당 정리를 하며 개울을 내려다보니
이런,
개울 안이 마음에 걸린다
집게와 봉투를 들고 개울로 내려가서

세상에 이 작은 개울에 뭐 잡아먹을 것이 있다고
누가 그랬을까 윗집 아랫집 짐작을 해보다가
통발 두 개를 걷어놓고
비닐봉지, 음료수 깡통, 고양이 사료부대,
개울 속 여기저기 담배꽁초들

봄맞이 청소는 이쯤이면 되었고
올 설날에는 어디 멀리 갔다 올 계획이라서
떡국도 같이 못 먹으니 굴밥이나 미리 해 먹어야겠다
사람들 몇 불러서
뚝딱 냠냠~
밥 먹은 사람들 다 갔다
그럼 입춘 땀을 조금 더 흘려야지
퍽~

장작을 쌓는다
어라 왼쪽이 왜 저렇게 삐뚤어졌을까
이 나라는 왼쪽이 문제야 오른쪽은 극렬하게도 잘나가고 있는데
왼쪽은 너무 나약해 삐뚤빠틀
줄다리기가 아니야 그런데 그렇더라도
설마 무너지기야 할까 위쪽을 반듯하게 다시 조금 더 하자
퍽 퍽 퍽~

입춘이라서?
날이 많이 풀렸다
오늘 하루 애썼으니 면 소재지 술 생각으로 동네 친구들 좀 불러서
쨍,
위하여,
크 ─ ─ ─   ~   ─
입춘주 한잔 하러 가야겠다 🍃

황금빛 눈새기꽃과 푸른 윤회의 도끼질

누군가는 먼저 시작해야 한다
힘들고 고통스럽기도 할 것이다
그리하여 걸어간 발자국을 따라
앞서거니 뒤서거니 걸음들이 길을 만들듯이,

뜰 앞에 눈새기꽃 올해도 한 송이가 먼저 피었다
피기 시작한 지 벌써 십여 일은 되는데 그간 날이 추워
며칠 이를 악물며 눈을 꼭 감고 있더니
다시 활짝 문을 열었다

그 뒤를 따라
다시 한 송이가 길을 따라나선다
그래 환하다
길은 그렇게 시작되는 것이란다

바람이 좀 불기는 하지만 햇살이 따뜻하다
이런 햇살이라면 양지쪽에 쪼그리고 앉아
해바라기를 하거나
흐흐 옛날에는 꼴마리를 까고 이를 잡거나 했을 법한

나도 슬슬 봄맞이를 해야겠다

꽃들이 피어나기 시작하니
발밑을 살펴보라는 팻말을 찾아 다시 꽂아놓고
마당 앞에 쌓여 있던 나무들을 정리해야지
엔진톱은 작동이 잘 될까 몰라
집 뒤 창고에 가서 꺼내 온다
지난가을에 쓰다가 청소도 하지 않고 그냥 처박아두었는데
부릉부릉 웽-웨~엥~
엥 잘 가네

힘에 겹다
작년 다르고 올해가 다른 것이 아니고
일신우일신(日新又日新)이다
그래 날마다 새로운 몸, 오늘은 자르는 일만 하고

내일은 장작을 패야지

음 무엇을 대상으로 도끼질을 할까
아니지 그런 분노가 아니라
그러나 결코 분노를 잊었다는 것이 아니라, 뛰어넘었다는 것이 아니라,
나를 위해 아궁이에 들어가 다비로 타오를,
톱질 아래 속수무책 무슨 도리가 있었겠는가,
또한 기꺼이 쓰러졌을 나무들의 영혼을 생각하며
극락왕생 극락왕생, 그런 푸른 윤회의 도끼질을…
헬프 미, 내일은 내게 힘을 좀 줘요 🌿

노란 햇살이 고개를 내미네

봄이 오지 않겠다 생각했다
얼마나 추웠던가 지난겨울은
얼마나 오랫동안 몸살처럼 앓았던가
꽁꽁 얼어붙은 겨울 햇빛은,

뒤뜰 연못 속 5년 동안 키우던 금붕어 두 마리가 있었다
설날 아침 나는 꿈속에 있었다
뒤뜰 연못에 금붕어 한 마리가 죽어서 둥둥 떠올랐다
야 너 왜 죽었어 또 한 마리는 어디로 간 거야
죽은 금붕어 한 마리가 내게 말했다
나쁜 사람들이 와서 한 마리는 잡아가고요 저는 도망가다가 다쳐서 죽
었어요
잠에서 깨어났다 벌떡 일어나 뒤뜰로 달려갔다
정말이지 한 마리가 죽어서 떠올라 있었다 그리고 다른 한 마리 영 보
이지 않는다
그 무렵 이곳 악양에 살면서 알게 된 동갑내기 친구를
갑자기 저 세상으로 보내고 며칠 울음 속에 갇혀 있었다
죽기 3일 전 무너진 내 구들방을 깨끗하게 고쳐주고 그날 저녁 술잔을
나눴는데
금붕어마저

한동안 우울증에 빠졌다

꽁꽁 언 땅을 뚫고 무언가 고개를 내밀고 있었다

그래 봄이 오기는 오는구나 사람들이 미처 모르고 밟지나 않을까 몰라

자상 하면 박자상, 배려 하면 박배려?

내가 또 얼마나 한 자상, 한 배려 하는가 흐흐

그래서 나무판자에 먹물로 이렇게 협조 문구를 써넣고 팻말을 꽂아
놓았다

뭐라고요? 잘 안 보인다고요?

어 그래 너구나 참 추웠지 오래 기다렸겠구나

그렇지 않아도 요새 자주 이 근처를 들여다보고는 했는데

반가워 정말 반갑고 고마워

나를 위로해주려고 왔구나

봄비 그친 다음 날

황금빛 노란 햇살, 얼음새꽃, 눈새기꽃

복수초가 피었다

우와~ 우다다다다당 봄이다. 봄!

말다툼하다가

날이 꾸무럭거린다
비가 오려나
텃밭 한쪽 겨우내 씌워놓았던 낡은 못자리 보온덮개
이제 걷어줘야겠다
동안 그 안에서 애썼다

몇 포기 뽑아 배춧국도 끓여 먹고
잘게 썰어 감식초와 매실효소, 고춧가루를 버무려
싱싱한 무침도 해 먹었으며 쌈도 싸 먹었는데
아직 몇 포기 남았다
빗방울이 후두둑거린다
그래 봄비 맞고 싱싱해지거라
복수초꽃은 햇빛이 나지 않자 꼭꼭 꽃잎의 문을 닫아걸었다

어제 활짝 핀 복수초꽃 사진 찍으러 자리 잡고 있는데
앵앵 붕붕~
앗 귀신처럼 알고 찾아왔네
내 몸 주위를 몇 바퀴 돌더니 복수초꽃에 내려앉는다
뭐라고?
사진 초점 너한테 잘 맞추라고?
나 원 참 조~만 한 게 어디서…

27

앵앵 붕붕~

알았어 잘 찍으면 될 거 아냐

봄비 그치고

보슬보슬거리다가 조록조록거리다가 주르룩주르룩거리다가
다시 보슬거린다 봄비, 비를 맞고 깨어나는 것들
저녁 무렵이면 여기저기 성급하게 깨어난 산개구리들
급격히 내려가는 쌀쌀한 날씨가 힘에 겨워서인지
아직 목청이 트이지 않아서인지
끼루룩거리며 안쓰러운 울음을 터트린다
이제

먼저 피어난 복수초가 한창이다
아직 꽃망울을 터트리지 못하고 고개를 삐쭉 내밀어보며
봄날을 저울질하고 가늠해보며 망설이는 녀석들도 있지만

뒤뜰 연못에 갔다가 깜짝 놀랐다
표범나비가 이렇게
일찍 깨어 나올 줄 몰랐다 두 마리였는데
사진기를 가지러 방에 뛰어갔다 와보니 한 마리는
날아가버렸다
녀석은 목이 말랐는지 가까이 사진기를 들이대는데도
아랑곳하지 않는다

작년에는 홍매화가 먼저 피었는데

올해는 청매화가 발걸음이 좀 빨랐다
아랫집들의 매화나무들 이제야 겨우 꼼짝거리는데
사람들이 묻는다
이 집이 따뜻하기는 한 모양이야
키다리 아저씨 집이 떠오른다나 뭐라나
내가 대답한다
아니야 그건 내 오줌발의 힘이야
겨우내 이 나무 저 나무로 돌아다니며 싸대던 내 오줌발의 힘!

청매화가 피고 이틀 후 홍매화도 꽃잎을 열었다
사실 따뜻한 햇살이나 오줌발의 힘도 무시할 수는 없다
그러나 더 중요한 것이 뭐냐면 흠흠
자주 바라봐주는 눈길이다, 기다림이다, 대화, 그러니까 말 걸기다
너 올해는 언제쯤 필 건데? 야 너. 며칠 있으면 피겠구나
고마워~
아침마다 일어나 그 앞에 서서
눈부처를 새기며 나누는 🌿

하늘에서 빗자루가 떨어지네

눈을 뜨니 빗소리
양철지붕이 딸그락거린다
매화꽃들 화들짝 놀라 깨어나겠네
처마 밑 작은 평상에 앉아
가깝거나 멀리 비 오는 풍경들에 초점을 맞춘다

어~

막 깨어난 매화꽃 속에 내린 빗방울
그래 무겁겠구나
꽃잎 하나 빗방울의 무게를
음…
저울질하고 있다고 할까
안간힘으로 버티거나 견디고 있다고 해야 하나
빗방울 한 알의 무게를 담고 휘청 몸이 휜다고 해야 할까
남들이 보기에는 아주 작고 사소한 것에도
잔혹한 절망과 은산철벽의 좌절을 겪으며
무너져 내리기도 하지

오늘 광화문 교보문고 앞에는 이런 글귀가 걸려 있겠다
내 시 〈깨끗한 빗자루〉 중에서 발췌한

환하다 봄비 너 지상의 맑고 깨끗한 빗자루 하나

때마침 봄비도 오시네
맑고 깨끗한 봄날 맞이하라고 하늘에서 빗자루가…

외쳐도 된다

자주 만날 수는 없으므로
이것은 선물이다
먼 산으로 흰 눈을 펼쳤고
가까운 들에는 초록빛 새움을 틔우거나 꽃 피운

이런 눈부신 풍경을 마주할 수 있다는 것
살아있기 때문이겠지
얼마나 고마운 일이냐 살아 있다는 것은
고맙고 고맙습니다
절로 손이 모이고 고개가 숙어진다

비 개인 아침
골짜기골짜기 구름은 일어나는데
우리 집 홍매화는 이제 절정을 넘었고
앞서거니 뒤서거니
꽃잎들 바람을 부르며 나리네

붉고
노란
봄

오늘 아침 햇살 청청거려서
배추밭 부직포 보온덮개 걷어냈으며
빨랫줄에 빨래 주르르 널어놓고
찾아온 매화 상춘객들 벌나비처럼 매화 향기 킁킁거리며 안내하고
돌아오니
빨래 다 말랐다 마른빨래 냄새를 맡으며 걷고 나니
다시 희부옇다

아무런들 이 완연한 봄날을
어느 누구 역발산기개세(力拔山氣蓋世)인들 짓밟고 누르며 막을 수 있으리
외쳐도 된다
봄이다 봄

일찍이 그가 나를 불렀다

구례 화엄사 각황전 옆
보통은 홍매라고 부르지만 이 매화는 적매라고 부른다
언젠가 이 적매 꽃그늘 아래 눈시울이 붉어지던 날이 있었다
어제 아침 상춘의 친구들과 화엄사에 들러 장엄 적매에 취했다
간밤의 숙취와 더불어 다시도 눈시울이 붉어진다

저건 절명이다 아니 화엄이다
붉은 절정의 적매화 꽃잎 하나 땅에 누워 그대로 와불이다

아스라이 흩어진 허공중의 비명을 손바닥에 올려놓는다
화엄사 각황전 옆 적멸로 오르는 돌계단이 까마득히 가파르다
- 〈화엄사〉

섬진강 길가에 벌써 벚꽃이 피어 발길들 북적이게 한다
누가 그랬다 옛날에는 꽃이 들어오지 않았는데 어느 날부터 꽃이 피었
구나 하고
마음속에 울컥하는 것이 생겨나기 시작했다고
젊고 싱싱한 나이에 그래 그 자체가 꽃일진대 꽃이 눈에 밟힐리야
귀밑머리 하얀 나이에 들면 옛날이 그립듯이 꽃도 그러한 것인가
그럼 나는 뭐냐 나는 옛날부터 일찍이 늙어버렸다는 말인가

제비꽃 편지를

기약하며 떠나갔다
꽃잎을 뿌리며 떨구며 떠나갔다
다시 봄이 오기는 할 것인가
노루귀꽃이 돌아올 봄을 기다리네
꽃잎이 진 자리마다 깨알 같은 씨앗을 키우고 있네

한 꽃이 지면 한 꽃이 피어난다

앵초꽃이 쑥쑥 꽃대를 키우는 비 갠 봄날 아침
이슬처럼 작은 물방울을 매달고
앵초꽃이,

그 앞에 앉아
앵~ 하면 초 초 초--- 귓불을 간질이며 소곤대는
작은 메아리처럼
앙증맞은 꽃망울들

방구들 수리를 하며 비바람이 들이치던 처마 끝을 더 달아냈다
덕분에 나는 처마 끝에 앉아서도 비에 젖지 않게 되었는데
제비꽃 일가들 이제 다시는 더 비를 맞을 수 없다

이사 가고 싶으면 말해
물조리개로 물을 뿌려준다
비는 아니지만 그래도 계곡물이니까 괜찮을 거야
제비꽃, 하고 부르면
어쩐지 하늘을 한번 올려다봐야 할 것 같아서
먼 산 쪽으로 향하는 짠한 마음이 일고는 하지

이 봄, 그래 제비꽃 편지를 써야겠다
보랏빛 편지, 그대에게 띄우는

초록을 모시네

이 나물이 뭘까
시금치?
아니요

들녘에 밭둑에 한창이다

"꽃바구니 옆에 끼고 나물 캐는 아가씨야
아주까리 동백꽃이 제아무리 고와도
이 내 가슴 타오르는 내 사랑만 하오리까~"

작은 바구니를 들고 나가 쑥부쟁이를 캐다가
옛날 옛적 그런 노래가 떠올랐다
픽^^ 입안에서 바람 빠지는 소리가 났다
쑥부쟁이 살짝 데쳐서 무치고
텃밭에서 배추 뽑아 배춧국과 배추숙회

혼자 먹는 밥상을 차리네

함초소금과 눈꼽만큼의 매실효소로만 무친
쑥부쟁이나물의 쌉쏘름하고 단 봄 내음이
마늘과 매운 고추 다지고 좀 심심하다 싶게

보일락말락 만큼의 된장과 들어갔나 말았나 정도의
참기름 두 방울로 무친
배추숙회의 맛

작년 가을 말리고
두드려 깨서 껍질을 까고 벗긴
마른 밤을 놓아 밤밥을 했다
그 밤밥 한 숟가락에 나물들 얹어서
아~ 하고

한 숟갈
꿀...
꺽...
냠...
냠^^
초록 밥상
내 몸에 초록을 모신다 🌿

누구를 꾀자고 너는 그렇게

너 어디다가 주먹질이냐
뭐가 못마땅한 거야
아흐 그거 맞는다고 아프기라도 하겠냐
간지럽겠다
갓난아기가 주먹을 쥐고 있는 것처럼

자자 그러지 말고 손 펴봐
그래그래 착하지^^ 흐
앵초꽃이 피었다

한 포기였던 것이 해가 갈수록 번지고 번져서
이제 다른 집에 분양을 해줘도 되겠다
앵~ 하고 부르면 토라질 것 같은
앵초꽃이 피었다

부추가 잘 자라고 있다
부추무침을 해 먹어야겠는데
누가 안 오나 같이 먹어야 하는데
부추밭에 핀 흰민들레
너는 누구를 피자고 그리 이쁜 것이냐
흰민들레 꽃잎을 따서 덖고 차를 만들기도 하는데
아무리 몸에 좋다지만
어디 너를 보며 어찌 잎 하나인들 따겠느냐
눈 들어보면 봄날 지천이 다 지고 피는 꽃인데
내가 나에게 묻는다
야 너는 언제 꽃 피워보기는 한 것이냐

놀고 있다

이십여 년 전 뜰 앞에 이런 애가 살았다
완주 화암사에서 우리 집으로 이사를 온
현호색,
신비한 푸른빛을 가진
누군가 훔쳐가서 오래 만나지 못했는데
며칠 전 구례 현천마을에서 보았다
집 옆 계곡 쪽에 위태롭게 자리 잡은
현호색

앞에 앉아 말 건넸다
나랑 함께 가서 살래?
그 현호색 악양으로 이사 왔다

누가 그랬다

"남준이 형은 꽃을 어떻게 꺾느냐면 말이야
이렇게 한대, 너 꺾어가도 돼?
내가 필요해서 그런 게 아니고 집에 온 사람들에게 네 이쁜 향기와 자
태를 전해주려고 그래 괜찮겠지?
그렇게 물어보면 그래 괜찮아, 꽃이 뭐 그렇게 대답을 한다나 뭐라나
그러면 너 참 착하구나 고마워 하고 꺾는다나 뭐라나

그런데 싫다고 하는 꽃도 있는데 그러면 그 꽃한테 그런대,
뭐라고 넌 참 못됐구나 하고 그 꽃도 꺾는다나 뭐라나"
....

앵초꽃이 봄날을 건너고 있네
앵초꽃
앵앵앵 앵~ 초초초 초~ 꽃 편지를 띄우네

지금은 푸른 비파의 시간

한 꽃이 피기까지
밤과 낮
얼마나 많은 비바람의 시간을 건너오고 견뎌야 하는가
그러나 또한
꽃을 피웠다 하여 모두 열매 맺는다고는 하지 못하리

비파,
푸른 현을 고르며 익어가고 있는
비파나무의 둥글고 갸름한
저 속에 담겨 올 노란 노랑 속살의 향기

푸른 비파나무 열매와
아직껏 떨쳐내지 못한
비파가 되지 못한 꽃자리를 바라보며
세상사가 그와 다름없음을 또한 안다
바라본다
내가 지금 여기 있는 자리와 나아갈 내일을 떠올리는
소리와 소리가 아닌 것과
정지되어버린 것과 나아간 것과
노랗게 익을 비파와 지금 푸른 비파에 대하여 생각하는 밤

추위에 납죽 엎드려 있더니
빗방울에 초로롱 초록이 금세 돌며 일어서네

비를 맞고 봄나물들
쑥쑥 곧 올라오겠다
봄나물국이며 나물무침으로 밥상이 차려지겠지
흠흠~
향기로운 봄 밥상 🍃

이사 선물

그간 가시연꽃이 사는 자리가 좁고 낮아
며칠 집을 비우고 돌아와 보면 물이 바짝 말라서
거기 살던 올챙이들이며 다른 생명들의 무덤이 되기도 했다
바꿔줘야지 그래야지
바닥이 마르고 가시연꽃 잎이 햇볕에 바짝 타들어버리던 몇 번의 여름이
흘렀다

꽃잎이 살랑살랑 바람 그네를 타던
돌수조는 올봄
다시 꽃배를 띄우던 옛날로 돌려줬다

거기
청개구리가 놀러 와
퐁당, 폴짝거릴 것이다

가시연꽃은 조금은
크고
깊고
넓고
높은 곳으로
이사를 갔다
새집 마련 이사비용에 자못 거금이 들기는 했지만
가시연꽃에게 미안하던 마음의 짐을 조금은 벗어놓은 듯하다
사람들이 이래서 아파트 평수를 늘려가는가
욕심의 평수를 반문케 하며 내게 가르침을 주었던 가시연꽃에게

"선물이야. 너로 인해 시도 두 편이나 썼고
강연 때마다 써먹으며 강연비도 많이 받았잖아
작은 선물이라 생각해"

나올 때가 되었는데
겨우내 얼고 녹고 바짝 말라 있던 작은 돌수조 속의 흙무더기를
옮겨 넣는 중에 너무 깊숙하게 씨앗이 들어가버려서
아직껏 싹을 틔울 수 없는 것일까
기다렸는데

야호~
나왔다.
세모꼴
어린 가시연잎이 나왔다^^

초록을 물들이며 감사를

양철지붕을 나지막이 두드리는 밤 빗소리가
들리기는 들렸는데
천둥소리도 꽤 소란을 떨었는데
이 봄 가뭄에 몹시도 반가워서 마당에 나가볼까 하다가
내 인기척에 수줍어 그만 가버릴까 봐 나가지 않았더니
이게 뭐냐 몇 방울 뿌리다 말았네
그냥 흙먼지만 적시다가 말았네

구름 낀 하늘 올려다보며 잠시 투덜거리다가
그래도 아침마다 물조리개로 물 뿌려주는 발걸음 알고 있다며
텃밭에 쑥쑥 자라는 푸른 것들 솎아내고 끊어 와서

씻고 갈았다
한 잔
쌉쌀 고소 풋풋한 초록
내 몸에 초록이 물드네
음~

고마운 일이다
땅을 딛고 살려는 일이란 바로 이런 시간을 누릴 수 있기 때문이지
문을 열고 나가면 바로 싱싱한 채소들이 기다리고 있다는 것
시골에 산다는 작은 기쁨이란 몇 발자국 움직이는 것만으로도 이런 맛
을 즐길 수 있으며
찾아오는 이들에게도 내놓을 수, 함께 나눌 수 있다는 것이지

달래꽃이 피었다
부족한 빗방울 탓하지 않고 꽃 송이송이 이슬처럼 매달고서
감사의 고개 숙인다
탓하지 말자 매사에 감사
사노라면 속이 뒤틀리고 화기 치미는 일 없기만을 바라랴
내 안에 일어나서 내달리고 쓰러지는
너는 어디에서 왔느냐 그 마음 들여다보며
고요해지기를
오월이 가고 유월의 첫날이다 🍃

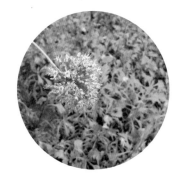

우화의 시간

미동도 없다
팔랑거리며 날갯짓을 하지도 숨을 쉬지도 않는다
무엇보다 내 눈에 띄고도 한동안
나방처럼 날개를 편 채 움직이지 않는다
아하~
그래 이제 막 번데기 고치에서 탈각을 하고
날개를 말리는 중이구나
흐흠 그렇다면 어디

방으로 들어가 사진기를 들고 나왔다
처음에 조금 떨어져서 몇 장,
점점 가까이 사진기를 들이밀었다
음 역쉬~
막 우화를 하여 날개를 얻은 산호랑나비가 첫 비행을 하기까지
그러나 겁을 먹지 않도록 조금은 조심스럽게 사진을 찍는다

어제는 비가 온다고 방 안에서 하루를 보냈다
오늘은 날이 흐리다고 해서 그냥 두고 있는데
햇살이 쨍~
그렇다면 항아리들 햇볕 앞으로 정렬^^

뜨겁게 뜨겁게 항아리가 달아오른다
손을 대면 화상을 입을 정도로 뜨겁다
항아리 안 차들이 나비처럼 날개를 얻어 우화(羽化)숙성하기 위해
항아리 뚜껑을 열었다 닫았다 햇볕이 너무 뜨겁다
너무 바짝 말라서 숙성이 잘 일어나지 않을 수도 있다
그간 차를 덮었던 묵은 한지들이
발효 과정에서 너무 다른 냄새도 깃들고 찌들어서 버리고
새로 동그랗게 재단을 해서 덮고
발효차가 익기를 기다린다

사람들에게도 껍질을 벗고 거듭 태어나는 그런 우화의 시간이 몇 번 있다
내게도 그런 탈각의 시간이 있었다
날개를 얻어 반짝이는 비행을 하기도 했지만
좌절과 절망으로 날개를 접어 가슴에 묻어버리기도 했다
음…

아직 남아 있을까?
남은 우화를 위해 올여름 땀방울을

가고 오고 오고 가고

봄부터 부추밭이 베어지고 다시 자라기를 반복하는 동안
첫물부추무침에서 부추전까지 사람들의 입을 얼마나 즐겁게 했는지 몰라
텃밭의 아욱들이 나도 이렇게 키 클 수 있다며
키재기를 하는 동안 보글보글 김 나는 아욱국이 끓여졌고
상추와 쑥갓과 쑥부쟁이나물과 머위나물과
나와 이 집을 찾은 사람들의 밥상 위에 올려진 초록빛들을 생각하는 아침

일상은 아직 눈을 뜨므로 시작된다
고추밭에 물을 주고 핀셋을 들고 노린재를 잡으며
구절초 꽃밭에 풀을 뽑고 물을 준다
하지가 가까워 오자 어쩌면 약속이나 한 듯
감자밭의 감자 줄기들은 점점 시들어가는가
나아갈 때와 물러날 때를 안다는 것,
식물들도 이러한데 사람만이 욕망에 휩싸여
영혼의 일깨움을, 속삭임을 귀담아듣지 못하는가

농부 형네서 역귀향한 가시연꽃이 자라는 돌수구에
산개구리 알들에서 부화한 올챙이들이
몸통과 꼬리를 꽁알꽁알 챙챙 흔들며 살고 있다

아궁이 옆으로, 방문 앞으로, 원두막으로 떼를 쓰듯 따라다니며 집을
짓고 눈치를 주던 딱새의 둥지에서 새끼들이 떠나고 있다
집 앞과 뒤뜰로 어미새들이 정말이지 울부짖듯이 이리저리 옮겨 다니기에
무슨 일이 생겼나 했다
그런데 날갯짓을 하느라 둥지를 떠난 새끼들의 이름을 하나하나 부르며
찾아서는
어미새들이 모이를 물어다 주고 있네
놀라워라, 내리사랑이란 것이 저런 것인가보다

햇볕이 쨍쨍거린다
차 항아리를 마당에 내놓고 맞이하는 아침
이렇게 여름이 시작되고 있다
수명이 다한 분홍 바람개비가 가고 그 자리 파랑 날개를 달았다
마당의 여름이 시원할 것이다

가고 오고 가고 오고
오고 가고 오고 가고
그대 또한, 나 또한

반짝이는 몸

어딘가 며칠 다녀올 일이 생기면
방 안팎과 마당 이쪽저쪽 뜰 앞뒤를 살펴본다
가서는 아주 오지 못할 수도 있다
눈에 밟히지 말라고 이를테면 안녕의 인사를 나누고 가기 위해서다
산작약이 핀 자리

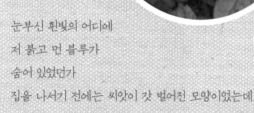

눈부신 흰빛의 어디에
저 붉고 먼 블루가
숨어 있었던가
집을 나서기 전에는 씨앗이 갓 벌어진 모양이었는데

사람의 시간도 청춘의 빛나는 얼굴이 다하고
저리 찬란하게 늙어갈 수도 있겠지
욕심부리지 말자

산작약이 봄과 여름을 건너온
산작약이 제 속을 다 열어 햇살 아래
반짝이는 몸을 말린다
물끄러미 내 몸을 내려다본다
깊은 한숨이 시름겹다
올겨울에는 나도 한번 반짝여볼까 🍃

약속하지 않아도

막바지를 향해 치닫는 장마가
양철지붕을 뒤흔들다 뒤흔들다를,
흩뿌린다 흩뿌린다를,
퍼붓는다 퍼붓는다를,
밤새 엎치락뒤치락거렸다
날이 밝았다 어라 이제 햇볕도 나네
마당에 나가 보니 바람과 구름이 빠르게 오고 간다
그사이 언뜻언뜻 파란 하늘과 빛나는 해
그 아래 작년에 왔던 각설이가
죽지도 않고 또 왔네
그렇구나 이렇게 우리는 다시 만나는구나

상사화꽃이 피었다
상사화꽃이
나무파랑새가
상사화꽃에게 말을 건넨다
여기 이 자리에 붙박여 서서 너를 기다렸지
……
상
사
화
꽃
이

삼복더위 중에도

매화가 핀다고
연꽃이 곱다고
산국처럼 물들고 싶다고
솔숲 맑은 바람 다관에 우려내면
찻잔에 어느새
푸른 하늘 담기네
– 〈차 한 잔〉

1년에 네 번, 꽃이 피는 무렵이면 향기를 찾아
그렇게 시작한 금당다회라는 다회 모임이 있다
커다란 그릇에 백련꽃을 띄워 차를 우려내는 연차회를 시작으로
다회 식구들이 가지고 온 저마다의 다양한 차향을 즐기며
거의 밤을 꼴딱~

어제 집에 돌아왔다
닷새만인가
개울가 구절초들은 얼마나 목이 말랐을까
시들시들 축 처져서 허리를 꺾고 있으며
가시연이 사는 작은 수조도 물이 바짝 말라
연잎들이 누렇게 타들어가고 있었다

꼬물거리던 산개구리의 때늦은 올챙이들도 있었는데
돌수조의 물을 채워주며 나는 굳이
연잎 아래 들춰보며 확인하지는 않았다
어디인들 피해가겠는가
작은 뜰 앞에도 생로병사의 순환고리가 쉬지 않고 일어난다
그리하여 상사화가 피었다

잔뜩 흐린 아침,
부슬거리는 작은 빗방울을 아랑곳하지 않고
벌이 날아와 꽃을 찾는다
어제가 그러고 보니 중복이었네
삼복더위 잘 넘기고들 계시겠지요
이 삼복더위 중에도 꽃이 핍니다
상사화꽃이 피었습니다그려~

아니 이게 뭐야

우리 집 파초 참 잘도 자란다
작년 겨울 내가 밑동을 너무 바짝 잘라주어 얼어 죽은
두어 뿌리를 빼고 고스란히 살아남아
이렇게 쑥쑥 자랐다 벌써 키가 한 오륙 미터는 될까
지붕을 훌쩍 넘게 자란 파초가 한낮이면 제법 그늘을 드리운다

너울너울
작은 바람에도 살랑거린다
스란치마를 입은 자태 고운 여인의 모습이 눈앞에 아른거린다

스란치마를 입은 여인의 치맛자락 소리에 파초 잎이 춤을 춘다
중복이 지나 이제 8월,
스란치마의 파초 잎을 바라보며 더위를 씻는다

아니 그런데 이게 뭐야
얼마 전에 줄기 아래쪽 무성한 파초 잎을 낫으로 쳐내다가
작년에 실수한 경험이 있어서
몽뚱하게 부풀어서 올라오는 줄기를 그대로 놔두었더니
이렇게

파초꽃이 피었다
아주 작은 바나나처럼 생긴 것이 꽃잎을 한 장 한 장 열 때마다
층층으로 그 꽃잎 속에 숨어 얼굴을 내민다
올해는 한번 맛볼 수 있으려나
바나나와 사촌 간이니 바나나맛일까 궁금하다 어떤 맛일까

푸슛~ 풋- 별똥별이 지는 밤

낮술에 취했으며 초저녁 별이 뜨기 전 잠에 들었다
목이 말라 더듬거리며 자리끼를 마시고 시간을 보니 3시 30분쯤,
진작 애저녁에 도착한 문자가 있었다
카시오페아 북동쪽에 별별별 쇼를 준비해놓았다는
어서 나가보라는…

마당에 나가 평상을 옮기고 어제 온 뇨자들 둘과 평상에 누워
나란히 나란히 이불을 덮고 누워서 관람 시작
쇼쇼쇼 ~

슛- 푸슛~ 풋-
맥주캔이 따지듯
별똥별들이 점등과 명멸을 거듭하며 꼬리를 무는 밤
별들이 반짝이는 것은 별의 울음이었다는 것을
밥 말리처럼 알았다
"나의 음악은 울음으로 시작되었다"는

별들이 쏟아져 내리던 유성우의 새벽하늘이 있었다
한때 존재했으나 이제 그 몸의 이름을 버리고 세상의 곳곳에 스며
지워지지 않는 각인처럼 아름답고 소중한 기억의 뇌수가 되어
몸을 바꾼 별똥별들의 밤이 있었다

....

제 몸을 수없이 베어 슬픔을 나누려고
제 몸을 화염 불길에 두어 울음을 견디려고
별들의 그 맑은 다비가 치뤄지는 언젠가의 밤
〈별의 조문〉이라는 시를 쓰던 날이 있었다

지는 별들을 보며 나는 어떤 희망을 소원했는가
안타까운 세상을 위한,
힘없는 생명을 위한 그 어떤…

누가 밤새 불을 켜놓은 거야

앞마당이 환하다
분명히 끄고 잤는데
누가 왔다 간 거지
아니 이 더위에 선풍기 틀어놓고 사느라 전기세가 꽤 나올 텐데
으으 누진세는 안 붙는지 몰라
그렇지 않아도 올해 들어 시 한 편 청탁하는 곳도 거의 없는데
누구야 왜 마당에 밤새 불을 켜놓은 것이얏얏얏~
존 말할 때 손들어랏랏랏~
죄송해요 저희들이 그랬어요.
마당 한쪽에서 들려오는 깨알만 한 소리들
아니 한 녀석도 어니고 떼를 지어서 단체로다가
요요요 이이이 고얀 녀석들 봐라

노랑상사화가 피었다
연분홍빛 상사화가 피었다 지고 난 후 얼추 한 달 가까이 되었는가
누구 하나 보아주지도 않는데
어둔 밤 불 밝혀 한세상을 비추느라 지친 노란 꽃등 위에
사르릉사르릉 아침 빗방울이 땀을 식힌다

좀 식은 거냐? 만져봐도 돼? 뜨겁지 않은 거지?
그래그래 처서도 지나고 백로가 머지않았어

더위야 앞으로도 한 달은 더 남았다고 입방아들을 찧더라만
노랑상사화 곁에 앉아 지나온 무더위를 잊는다 🍃

옥잠화가 피는 아침

선녀의 옥비녀가 땅에 떨어져 깨진
그 자리에 핀 꽃의 전설이 전해오는 옥잠화가 피는 아침
저 옥잠화꽃으로 튀김을 해 먹는 사람들도 있다지
맛있다는데 궁금하기도 한데
올봄 구례에 사시는 스님 집에서 이사를 온
우리 집에 처음 피는 옥잠화꽃,
보는 것만으로도 환하다

어려서부터 늘 보던 꽃

이맘 때쯤이면 아랫동네 지날 때마다, 화개 단야식당 월순 누님 집에

갈 때마다

한 뿌리 떼어 오고 싶었는데 슬쩍 훔쳐 오고도 싶었는데

모든 것이 다 때가 있다는 말 알 것도 같다

인연이 되어야만 그 시간이 무르익어야만 한다는 것이겠지

그러나저러나

오늘 저녁 큰일을 치르러 어제부터 오신 손님도 있지만

해야 할 일은 해야 하는 것

풀 뽑고 화장실 묵은 거름 내놓은 밭에 고랑을 내고

건넛마을 상윤이네와 나눈 무씨를 뿌려야지

고랑을 낸 밭에는 무씨를 심고

왼쪽엔 배추 모종을 사다 심어야지

그 왼쪽엔 고수씨를 뿌리고

흠흠~

무씨 심었다 고수 씨도 뿌리고 그리고 그 위,

지난여름 내내 잘 삭아서 구수한 차 냄새가 나는 오줌 한 통

물조리개에 받아 살랑살랑 뿌렸다

이제 모기장을 치고 싹이 올라오기를 기다리면 된다

넉넉하게 뿌렸으니 새싹무침, 겉절이, 비빔밥을 떠올리면서 🍃

추석 차례상을 차리며

추석 차례상
뭐 뒤뜰 배나무에 열린 배를 올릴 수도 있다
여물지 않은 대추나 개울가에 떨어진 밤을 올릴 수도 있지만
아무것도 올리지 않았다
아니
말 그대로 차례,

차 한 잔 올리며
절을 했다
헌다 차례,
부추꽃과 마타리도 차례상에 향기를 올린다
이제 기다리는 일만 남았다
흐음~ 누가 송편을 가져올까
명태전도 따라오겠지

석류는 붉고 새는 살이 찌네

가을은 무슨무슨 계절이라는 어느 가수의 노래가 떠오른다
껍질 속에 홍보석들이,
가지런하고도 촘촘히 박힌 붉은 보석들이
또르릉~ 굴러 나오면 입안 가득 침이 고여오는
석류^^

최참판댁 아래 지리산학교 수업 가는 길모퉁이 어느 집

돌담 너머 석류가 붉다

石榴皮裏 碎紅珠: 석류피리 쇄홍주
석류 껍질 속에 붉은 구슬이 부서져 있네

세 살 먹은 율곡이 석류를 읊었다는 시다

석류가 익어가고
앞마당 붉은 나무새 위에 딱새가
통통통 살이 오른 딱새가 앉아서 노래를 하네

딱새가 부르는 가을 노래 한 곡 올린다
눈부신 이 가을 조금은
아주 조금쯤은 쓸쓸하기 위하여
첼로,
카잘스가 카탈루냐 민요를 채보하여 연주한
〈새의 노래〉를…

흰해졌다

며칠 술독에 빠져 있던 몸
영육이 다르지 않은 하나이지만 몸에게도 좀 미안할 때가 많다
아침에 일어나 마당을 둘러보다
태풍도 불어오고 비도 많이 온다는데
텃밭 쪽으로 쌓여 있던 수북한 나뭇더미가 눈에 밟혔다
제법 잘 마른 것인데 또 흠뻑 젖게 놔둬야 하나

그래 힘 좀 써야지
장작을 패는데 엔진톱이 고장 났다
살펴보니 기름을 올려주는 펌핑벨브가 터져 있다
이리저리 차량을 알아보다가 옆 동네 후배 차를 얻어타고 하동으로
씽 뿡 붕~
8천 원 주고 부품을 새로 교체한 후 후배와 함께 돌아오다 국수 한 그릇
나누고
웽웽~ 엔진톱 잘 돌아간다
다시 장작을 퍽~ 퍽~

힘을 썼다고 간식을 줄 사람도 없지만
퍽 퍽 팍 끝~
장작 다 팼다
다 팬 장작 처마 끝으로 부엌으로 들여놓기 시작하는데

빗 빗 빗방울 떨어진다

느릿느릿 느긋느긋
그게 내게 맞는데
빗방울이 점점 더 떨어지네
후다닥 후다르르락닥~
한참 정신이 없었다
어찌 되었든 올겨울 나무는 걱정하지 않아도 되겠다
아직 초겨울도 되지 않았는데 장작을 다 패놓았으니
너무 부지런한 것 아닌가 몰라

모처럼 마당이 훤하다
올가을 일의 대부분을 차지하는 월동준비를 이렇게 빨리 마치다니
생전 처음 일이다
땀방울과 빗방울에 속옷까지 폭 푹 젖었다
술독이 좀 빠졌을라나
그런데 아이코 저 술병들을 어쩌나
저거이 거의 다 거 머시기 같은 거시기가 마셔부른 거신데

이 꽃으로 떼돈을

무슨 꽃일까 궁금해하는 사람도 있을 것이다
카라와 흡사하다 그런데 카라는 흰색인데 얘는 노란색이다
카라꽃도 노란색이 있던가
하긴 요새는 꽃들도 별별 색깔을 다 만든다고 하니
신품종 노랑카라꽃일 수도 있다
예전에 누가 그런 말을 했다
블루로즈를 만들면 떼돈을 벌 수 있을 텐데…
파란색 장미나 보라색 장미가 있다면
가끔은 사볼 생각을 하기도 했다

부지런한 농부의 밭에서는
이 꽃을 보기가 어렵다
잎줄기와 땅속의 감자처럼 생긴 뿌리줄기를 먹는다
농부들은 쓸데없이 꽃을 피우는 데 양분이 들어간다고 생각하는 것일까
꽃대가 올라오는 대로 인정사정 볼 것 없다
뚝뚝 끊어 내버린다
요즈음 동네마다 이 잎줄기를 잘라 죽죽 길게 찢어서
길가에 잔뜩 널어놓고 말린다
말린 줄기를 데쳐 나물무침을 하면 쫄깃쫄깃거리는 게 고기를 먹는 기분이다
알뿌리로는 들깨를 갈아 걸쭉한 탕을 끓여 먹기도 한다

꽃이 한창 피는 때라서 오고 가는 길 눈여겨 들여다보고는 했는데
쉽지가 않았다
그런데 얼마 전 아랫마을에 갔다가 돌아오는 길
처음엔 잎이 노랗게 죽은 것이라 생각했다
그런데 어 저거이 호 혹시
게으른 농부의 밭에서 이 꽃을 보았다

토란꽃이다
꽃의 자태는 일단 합격이다
향기를 킁킁거린다 향기도 그런대로 괜찮다
두 송이 꺾어 집으로 가지고 왔다
꽃병에 물을 담고 실험을 해본다
무슨 실험? 그건 물오름이 좋은가 얼마나 싱싱한 상태를 유지하는가
만약 흐흐 물오름이 생각대로만 좋다면

노랑카라꽃으로 이걸 알 먹고 꿩
먹고 뽕까지 빼먹는다고 해야 하나
대량생산을 해서 떼돈을 벌 수
있는데
물병 속에 꽂아놓은 토란꽃은
이틀이 되지도 않아 축 시들어
버린다
역시 난 안 되는 거이야

뾰족을 딛고

산길을 걷다 보면 만날 수 있다
누린내를 풀풀 풍겨대서
누리장나무라는
고상함과는 동떨어진
호기심 정도는 일으킬 수 있겠다
즐겁지 않은 이름이 붙은 녀석,

가까이 가고 싶지 않은 꽃인데
꽃이 지고 난 후 열매가,
꽃보다는 그 꽃을 감싸며 보호하고 있던
꽃받침이 이렇게

어느 누구 거들떠보지도 않던 꽃이
·················
살다 보면 이처럼
누리장나무와 같은 일을 만나기도 한다
누군가는 꽃을 얻고자 하기도
열매를 얻고자 하기도
그 건너온 땀방울을 소중히 여기기도 한다

오늘 하루의 가치를 어디에 둘까

그래 저
저 양철지붕 위
뾰족을 딛고 펼쳐진
하늘

고맙고 고마워라
나 살아서 이와 같은 풍경을 누릴 수 있는
호사,
최대의 선물

차꽃이 피었다고 글쎄

축제의 나라라더니
사람들이 별걸 다 한다
그래도 요란을 떨며 하는 기존의 축제와는 달리 소박하게
차밭에 가서 화가들이 차꽃을 그리고
이 지역에 사는 문화예술인들이 무대를 만든단다
차꽃 축제니까 차꽃에 관한 시를 한 편 써달라고
뭐 무대에 오르는 사람들이 다 재능기부라며
내게도 또한 그랬다
차에 관한 시를 몇 편 썼으니 그걸로 쓰면 안 되냐고 하니까
차꽃에 관한 시를 새로 써달라고 한다

처음에는 시큰둥하며 -_- 이렇게 했다가
나중에는 ^^;; 이렇게 했다

겸손하다는 말이
어울리는 꽃이 있다
순결하다는 말이
그 곁에 미소를 머금고
살며시 배어 있는 꽃이 있다
그리하여 곱기도 곱구나

몸을 낮추고 눈을 맞추어야 비로소 보이는
아미 숙인 수줍음이 뒤따라 나오는 꽃이 있다
첫사랑을 고백하던
그 떨림 같은 꽃이라니
사랑한다는 말이 그렇게도 부끄러웠을까
꼭 그만큼 숨은 듯 다소곳이 너는 피었구나
그윽하여라
첫눈처럼 내렸구나
꽃송이 눈꽃송이 함박눈처럼
소복소복 소담하게도 너는 피어나서
달빛과 별빛의 향기를 길어 올렸으리
서리서리 서리를 펼쳐놓는 밤이나
날리는 눈보라 아랑곳하지 않다니
고요하여라
세상의 단아한 품위와 고혹한 시어들을
노란 가을 햇살의 꽃술 속에 안고 품었구나
일찍이 어떤 꽃의 수사가 하마 이러할까
네 앞에 나를 기꺼이 내어놓는다
- 〈차꽃 앞에 놓는다〉

겨우겨우 썼다
늙은 머리를 혹사시키며 썼다 🍃

흰 겨울 편지

저 진눈깨비
산 너머로부터 달려온
당신이 띄운 편지라는 걸
안다 맑고 따뜻한 눈물로
쓴
곱은 손가락을 호호 불며 써내려
간
흰 겨울 편지

비로소 춥다 옷깃을 여미게 한다
문밖에 나가니 어 어
뭐야 이거
흐 흐 흐 흐 흐

      /   /   /   /   /
   *   *   *   *   *

눈이닷~
눈이 맞기는 맞는데 어쩌다 아주 어쩌다
꼼꼼하게 보여주는 째깐한 눈발 몇 개뿐.
작년 오늘 첫얼음을 보여주었던 돌수조에는 낙엽들만 내려앉았다

추운 날씨 덕분에 빨랫줄에 호박고지 잘 마르겠다
바람아 바람아 불어라
호박고지야 빨랫줄에 호박고지야
고들고들 바짝짝 바짝
깨끗하고 때깔 좋게 말라라
집에 놀러 오는 사람들 맛있는 (   )을, 를
먹을, 마실 수 있도록 말이야
(   )을 알아맞힌 사람 추첨해서 그것 먹을, 마실 수 있는 티켓 선물을
한다고 할까

진눈깨비 대신 눈발의 하늘 같은 구름사진 한 장

첫눈과 곶감

독수리가 돌아왔다
한때 내 영혼은 독수리의 날개에 사로잡혀 비상하기도 했는데
이제는 자주 발밑을 들여다보아야 하는 나이

밤새 눈이 오락가락했다
그래도 첫눈인데 이게 어딘가
마치 박용래와 이문구의 어느 허름한 대폿집과 블라디보스토크에
내리는 눈처럼
잠자는 대지, 시베리아 자작나무 숲에 퍼붓는 눈발처럼
김춘수의 시 〈샤갈의 마을에 내리는 눈〉처럼
내 발걸음이 깃든 꽃밭에도 눈이 내렸지 않은가
첫눈 말이야

첫눈 내리는 밤
밤새 도란도란거리며 아랫방에서는 감을 깎고
그래 사람의 집에서는 저렇게 정겨운 말소리가 들려와야 하지
나는 가물거리는 정신을 놓았다가 되돌렸다가
눈발이 희끗거리는 마당에 나갔다가 들어왔다가
다시 또 나가며 눈이 좀 쌓였으려나 했더니
휘영청~ 보름달빛이 쏟아지고 있네
구절초와 쑥부쟁이 마른 꽃들 위에, 비파나무의 초록 위에

눈은 내려 솜사탕으로 꽃이 피었는데
시린 달빛이 거기 반짝이고 있다니

아침 차 마시다가
유리창에 비친
문밖,

올해 감 못 깎고 넘기는 줄 알았다
고맙습니다. 감을 깎은 아름다운 손들이여
따뜻하다
환하다
저 주황빛 꽃등
저 주황빛 꽃등들 처마 끝에 매달려 풍경처럼 바람의 춤을 출 것이다
곶감이 익어갈 것이다 🍃

풍락이라는 이름의 차

구절초가 환하던 뜰 앞이 조금쯤은 쓸쓸하다
유한한 목숨으로 태어난
순환하는 생명들이 갖는 자연의 섭리라지만
그렇듯 빈자리가 허전하기는 곁에 사람이 없기 때문만은 아닌 것이다
꽃들이 떠나간 문밖에 밤새 주황빛 꽃등을 내걸었다

지리산학교 생활글쓰기반 학생들이 올해 마지막 수업이 끝난 후
쫑파티도 건너뛰고 우르르 몰려와서

올해는 다섯 접,
그러니까 5백 개를 깎았는데 곶감을 내걸 자리가 모자라다

예전에는 집 뒤 원두막에도 걸었는데 손질하기도 불편하고
집 앞 처마에 비가림지붕을 덧대어낸 자리가 넓어져서 충분했다
마을 공동 대나무밭에 가서 굵은 대나무 두 개 잘라 낑낑거리며 끌고와서
처마에 매달고 어제 하루 종일,
오늘 조금 더 하면 마칠 수 있겠다

올가을 처음으로 조금 만들어본 가을 차가 익었다

가을 차 '풍락(風樂)'
괜찮습니까
풍락 차 한 잔 향기로운 날입니다 🍃

첫눈 편지

사각사각
누가 오는가
문을 열고 나가보니

    ' * ' * ' * '
  ' * ' * ' * ' * '
' * ' * ' * ' * ' * '

언젠가 첫눈이 오면
첫눈이 내리는 날 전주 남부시장 2층 허름한 대폿집에서
만나자는 약속이 있었다

나와 친구와 그리고 그녀는 그 대폿집에 앉아서
어쩌자고 그런 얘기를 꺼냈던 것일까

먼 곳에 있었다
첫눈이 내리고 있었다
핸드폰이 없던 시절
친구에게 전화를 했다
그 친구도 멀리 있었다
이를 어쩌나 그녀의 연습실은 전화를 받지 않았다

어느 날 그녀의 가야금 연습실에 찾아갔다
굳게 닫힌 문, 그리고 그녀의 간판이 보이지 않았다
오랜 날이 흘렀다
윤윤석 아쟁 연주회가 끝나고 뒤풀이를 갔는데

저쪽에서 그녀가,
그녀는 그날 연주자 선생을 모시고 온 제자,
그리고 그녀의 아들을 인사시켰다
겨울이었지 아마,
첫눈과 대폿집이 떠올랐고 나는 그녀와 술 몇 잔을 주고받다가
그 옛날을 꺼냈더니 그녀는 그날 대폿집에 혼자 앉아 세 시간이나…

첫눈이 온다고 여기저기 소식을 전해왔다
악양에도 첫눈, 쑥부쟁이 꽃잎 위에도
꽃 진 구절초 마른자리 위에도
돌탑 위에도
양철지붕 위에도

첫눈이 오면 그런그런 옛날이 떠오른다
옛날은 다시 돌아오지 않는 시간이므로

기억 속에 존재하는 것인가
다시 돌아올 시간이 어디 있겠는가

눈 내린 아침 독수리들은 어디서 먹이를 찾고 있나
간밤 로드킬을 당한 주검들 위를 배회하고 있을까
눈이 내려 내 노랑 오토바이로는 달려가볼 수도 없고

2부
·······
그러든가 말든가

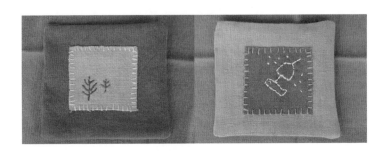

단식과 바느질

새해, 1월 1일부터 일주일간 신년 단식,
건강 때문이라거나 마음공부, 몸매 관리 뭐 그런 것은 아니고
단식 동안에나마 술 담배를 삼가려고
단식 동안에는 그간 작은 목각을 하며 지냈는데 이번 단식 기간에는
흐흐 바느질을 좀 배워서 찻잔받침을 만들었다
물론 옆에서 바느질을 아주 잘하는 바느질 선생이 있었기 때문에 가능
했지만
돋보기를 쓰고 바느질을 하는 날 보고 다들 한마디씩 빼놓지 않는다
저런 모습 사진을 찍어서 인터넷에 올려야 하는데… 헐헐
하긴 내가 생각해도 돋보기를 쓰고 가물거리는 바늘귀를 꿰고 그 모양이
자못 가관이었는데
다른 사람들은 오죽했을라고 그래도 이렇게 찻잔받침을 만들고 보니
보기는 좋다
찻잔받침에 찻잔을 올려놓고 차 한 잔

천 재료는 남해에서 천연염색을 하는 이가 제공한 것이다
요새는 시도 잘 써지지 않는데
어디 한번 바느질 연습을 더 연마해서 본격적으로다가 찻잔받침 장사로
나서봐? 🍂

독수리의 영혼

그물에 걸리지 않는 바람처럼 자유로울 수 있을까
독수리의 몸에 대해
그러니까 그 몸의 날개에 대해 생각했다
날개, 비상을 꿈꾸는 날개에 대해 사로잡힌 적이 있다
몸과 영혼이 아니라 날개에 대해서만 오직

섬진강가 독수리들 저 점점이 비행을 하는 독수리 떼

소년이었을 때,
청년이었을 때,
그러나 이제 독수리의 날개에 사로잡히지 않는다

꿈꾸지 않기 때문이 아니다
다는 아니지만 그래도 조금은 많이 내려놓았기 때문이다

까마귀나 까치가 곁에 다가와
범 무서운 줄 모르는 하룻강아지처럼 깽깽거려도
눈길도 주지 않거나 겅중 자리를 옮길 뿐
반응하지 않는다 저 큰 산 같은 대범한 자세
다투지 않는다 차라리 자리를 떠나고 만다

저 독수리의 영혼을 배워야 하리

시린 겨울 하늘 섬진강가
오래오래
바람을 타고 자유로운 독수리의 영혼을 바라본다

으랏찻차 퍽~만 남았다

작년 여름 악양면 도로 확장공사 구간에서
헌 집을 뜯으며 나온 서까래며 기둥들
그곳에서 일하는 아우의 도움으로(일명 독거노인 난방지원용^^)
한 트럭 받았으므로 작년에는
나무를 하지 않았어도 지금껏 따뜻하게 불 때며 잘 지냈다

갈수록 눈에 띄게 쑥쑥 줄어가는 장작더미, 이크
며칠 남지 않았다 얼추 살펴보니 열흘 남짓, 안 되겠다
여기저기 트럭이 있는 친구들 다들 형편이 맞지 않는다
허리가 아프다는데
시간이 안 된다는데
흠 어쩐다지

허리가 아프다는 친구에게 연락이 왔다 그런데 하필이면
국제신문 신춘문예 시상식에 참여해야 하는 날이다
아침 일찍 나무를 싣고 와서 부리고 서둘러 간다면 조금 늦더라도
갈 수 있을 거야
그랬는데 아으~
남원 현대제재소 사장님 굵고 좋은 나무둥치들 잔뜩 싣는다
내가 고만 실으라고 차 주저앉겠다고
아 정말 그만하시라고 뭐 번 소리치며 손사래를 쳤다

100

왜 이렇게 작은 차를 가져오셨냐며 트럭 가득 싣고 점심을 먹으러 가잔다
잉, 이러면 안 되는데 늦을 수도 있는데
오랜만이라며 점심 대접을 하신다니… 에휴 할 수 없다

점심하고 나서 좋은 찻집도 있다고
사장님 이러심 정말 안 되는데 차 한잔, 허브 목 찜질 코스를 끝내고서야
제재소로 왔는데
시를 좋아하시는 사모님께 일전에 나뭇값 받았다고 혼났다며
나뭇값도 한사코 받지 않으신다
내가 장뺄콩나물국밥집 이야기를 들려주며 정말 나뭇값 받으라고
했는데도 끝내

허리 아프다는 친구와 나무 싣고 와서
쑤웽~ 쑤웽~

장작으로 패기 쉽게 엔진톱으로 짧게 토막을 내서 자르고 내리는데
날이 저문다
결국 늦었다 시상식에 가지 못했다
그나저나 허리 아픈 친구 너무 애썼다
집에 가서 각시한테는 용도 못 쓰면서
남의 집 일은 그렇게 용을 썼냐고 잔소리나 듣지 않았을라나 몰라

이제 내가 할 일만 남았다 장작 패는 일,
하나 두울 핫둘 으랏찻차 퍽 큐~

젖은 시간이 마르는 동안

비가 오면 생각나는 그 사람…
심수봉의 노래였지
어제 오후부터 겨울비, 주룩주룩 여름처럼 붓는다
양철지붕이라서 더 그랬을까 지리산학교 생활글쓰기반 수업 시간
귀를 때리듯 따가운 빗소리와 수업을 마치고 돌아오는 길 자욱하던
안개바다
이 아침에도 빗소리는 여전하네
비가 오는 날이면 추억에 젖어드는 것일까?
그렇다면 비의 속성, 대상을 젖게 하는…
다만 그런 범주에 속하는…
이런저런 생각을 하다가 음악이나 듣자며 눈을 돌리는데
눈에 띈다 그녀가 내게 보내온 시간들

다시 돌이킬 수 없는 사람이 보내온
되돌이킬 수 있는 풍경들이 비처럼 젖게 하네
내가 참여한 각종 행사와 동네밴드 공연실황,
그리고 그녀가 선별한 잔잔하고 따뜻한 영화들

낙숫물 소리가 잦아든다 비가 그쳤나
아궁이를 열고 장작 댓 개 불을 붙이고 들어왔다
따뜻한 아랫목에 들어앉아 이런저런 시간들을 꺼내고 들춰본다

키를 넘게 쌓여 있던 장작더미도 깨끗하게 비워졌다
그래 흘러가는 것이다
추억이 아름다운 것만은 아니다
다시금 돌이켜도 식은땀이 나는 장면이나
분노는 왜 없겠는가
문득 나이 생각이 들고 나도 이제 육십의 나이에 맞는 품성을 길러야
할 텐데
그런 생각을 하다가

비가 와서 마당에 부려놓은 나무들 속 깊이 젖지나 않았을까
그래도 다행이다 땔나무들 비가 오기 전에 조금은 패고
처마 밑에 쌓아두었기에 망정이지
그런 생각을 하다가

....

헉헉거린다
얼마 패지도 않았는데
오른쪽 손목이 벌써 시큰거린다
이렇게 나이가 다르구나
그래 인정한다

이 정도면 한 20일은 충분히 땔 수 있을 것이다
문밖은 다시 또 빗소리
그러나 그럼에도 불구하고 다음 주면 입춘이지 않은가
햇빛은 쨍쨍거릴 것이며 젖은 나무들 조금씩 조금씩 말라갈 것이다
나는 또 으랏찻차 얍~
장작더미로 가득 나뭇간을 채울 것이다

잔인하거나 무심하거나

작고 이쁜 풀꽃을 보며 그 앞에 앉아
이름 부르기가 한 번쯤은
민망할 때가 있다
개불알풀꽃이라니
그것도 모자랐는가 큰개불알풀꽃이 있고 선개불알풀꽃이 있다
누군가 그 이름을 지었고 또 누군가는 그 부르는 이름이 마땅치 않아
봄까치풀이라고 불렀겠다
봄까치풀,
그래 봄까치풀이라고 부르니 괜찮다 한결 괜찮다

저녁 무렵 산책하고 오는 길
봄까치풀을 만났다
작은 풀꽃 앞에 앉아 인사를 나누며 세상의 일을 떠올리기도
목숨에 대해 생각해보기도 했다

어떤 꽃들은 뿌리도 없이
가지가 잘린 채 꽃을 피우기도 한다
아는가 모르는가
꽃의 최선을 다하는 것인가
잔인이 읽히기도 한다 눈물겨운 처절함이,
시종을 알 수 없는 무심이 짐작되기도 한다

방 안에 들여놓은 매화 가지들 속
한 송이 홍매가 피었다 누군가 먼저 피고
누군가 먼저 진다

뜨겁고 벅차게 타올라라

일주일 전쯤
보름날 축시를 부탁한다는 이번에 새로 부임한 면장님의 전화,
10년을 넘게 살아오며 처음 있는 일이다
알았다고 전화를 끊고 보름날에 약속을 했던 중요한 일정을
하루 뒤로 연기했다
그리고 일주일 내내 끙끙 머리를 쥐어짜며 앓았으나
한 줄도 나오지 않았다
더군다나 그 전날 사람들이 찾아와서 낮술을 권하며 시험에 들게 했는데
잘 견뎠다 잘 버텼으나 끝내 무너지며
그래 오늘 술을 내일로 미루지 말자
내일 아침에 일어나면 술술 잘 써질 거라며 퍼마시기 시작했다
그리고 다음 날 아침

뜨겁고 벅차게 타올라라

입춘 설날 지나
아홉 지게 나무 짐을 하며 맑은 땀 흘리고
인심도 참 좋았지 아홉 집을 돌아 밥을 얻어서
아홉 가지 나물에 오곡밥을 아홉 번이나 먹었다는
오늘 정월대보름

한여름 무더위 시원하게 보내시라
니 더위 내 더위 맞 더위 서로의 더위도 파는 날
부럼을 깨먹고 하늘 높이
소원을 띄워라 연을 날리며
빙글빙글 깡통에 불을 담아 쥐불놀이도 했었지
금모래 은모래 반짝이는
섬진강의 동쪽 아름다운 하동하고도
볕이 드는 산자락 악양 땅에
덩더쿵 쿵덕쿵 얼씨구나
풍악소리 신명 나는구나
이제 곧 한 뼘 한 뼘 한 단 한 단
정성으로 차곡차곡 세우고 쌓아 올린
정월대보름달집에 불이 당겨질 것이다
욕심 없는 마음들을,
흐뭇하고 따뜻한 마음이 담긴
달집이 훠얼 훨 타오르며 솟아오를 것이다
그리하여 칠성봉이며 구제봉 너머 정월대보름달
환하게 떠오를 것이다
무덤이 들녘을 비출 것이다
달이 뜨면 달이 뜬 대로
구름 잔뜩 덮여 흐린 날이라면 또한 어떠리
여기 모인 사람들의 가슴 가슴마다에
휘영청 밝은 달 이미 들어와 빛나는 것을
탕탕탕~

대나무 마디마디가 터져나가며 올 한 해
헛된 것들을, 위선과 탐욕과 거짓된 것들을,
세상의 근심걱정을 터트리고 태우는구나
타올라라 활활 타올라라
그래그래 부디부디
순하고 밝은 소식들 내 귀와 이 나라 땅에 들려와라
그대들 어서 한잔하시게
귀밝이술 즐겁게 권하며
이웃들의 손을 잡고 달집을 한바탕 돌아보세
타올라라 활활 타올라라
악양 땅 마을 마을을 환하게 비추며
달집은 가슴 뜨겁고 벅차게
활활 타올라라

술술 잘 써져서 늦지 않게 도착하고
시 낭송을 마쳤다
다음 날 심원마을 놀러갔다 돌아오는 길
저 새, 저 저
아 팔색조다
천연기념물로 지정된 희귀조
음 사진기가 저렴해서 당겨지지 않는다
사진 오른쪽 아랫부분 붉은색이 들어 있는 부분이다

팔색조를 보았네
올해 얼마나 더 좋은 일이 생기려나

빗자루와 새

그러니까 내가 말씀이야
대동강물을 팔아먹었다는 봉이 김선달은
아주 우습게 여긴다 이거 아니겠어
그냥 하늘에서 떨어지는 봄비를
깨끗한 빗자루라고 우겨서 시를 팔아먹었는데
세상에 그 빗자루를 또 서울 한복판
광화문 빌딩에다 떡 하니 내걸어놓고 돈까지 주네
그런데 사람들이 막 그 빗자루 앞에서
실실거리거나 함빡함빡 웃음을 지으며 사진을 찍고 있지를 않나
신문짝에 기사가 나질 않나

오늘 아침 마당을 쓸고 평소처럼 한쪽 구석에 빗자루를 갖다 놓으려다
그렇게 내게 많은 것을 가져다준 빗자루들에게
봄날 따뜻한 햇볕이나마 한 그릇 대접해 드려야겠다고
의자 위에 모시고 찰칵, 음 그림이 되네
그리고 방에 들어와서 시집 원고를 정리하고 있는데
뭔가 딱 하고 소리가 났다
유리창을 치는 소리 같았다
누가 왔나 누가 왔다는 기척을 유리창을 탁 하고 쳤나
나가보니 아무도 없다
분명 이쯤에서 유리창을 쳤을 텐데 하고 살펴보는데

편지함 속에 새가 죽은 듯 옆으로 누워 있다
저런 유리창에 날아와 부딪쳤구나

새, 노랑턱멧새다
살짝 손에 쥐니 파르르 떠는 몸짓이 전율처럼 내게 전해온다
품에 눕혀 왼손으로 가만히 감싸 안았다
살살 어루만지며 어서 정신을 차려라 쓰다듬었다
한참 지났다 새가 눈을 떴다
까맣고 반짝이는 동그란 눈

사진기를 꺼내 몇 장 찍었다
사진기를 내려놓자 그때야 마치 사진 찍기 마칠 때까지 기다리고
있었다는 듯
포르릉 날아가 그네 의자 위에 앉더니 비로소 머리의 관을 세운다
그래 잘 가
뭐라고? 소원 한 가지 말해보라고?
정말이야?
그래 가끔 마당 앞 돌탑에 앉아 노래나 들려주렴
약속이다 꼭이야 꼭 잘 가라 안뇽

그녀가 내게 얼굴을 내미네

그녀를 처음 만난 것은 지리산에서였다
30대 중반 무렵이었다
아마 내 눈동자도 제법 초롱초롱거렸을 것이다
가끔 친구들과 지리산에 약초를 캐러 다니고는 했다
그때 반야봉 아래쪽에 텐트를 치고 한 보름쯤 지냈던가?

하루는 길 없는 길, 키 자란 산죽밭을 헤치고
○○골로 내려가서 ○○봉 쪽으로 올라채는데
아 그 많은 당귀와 산작약들
정신없이 캐서 배낭에 채워 넣었다
이건 아예 쓸어 담았다는 표현이 어울릴 것 같다
다음 날 길 쪽에 올라와 산작약의 눈을 뗀 뿌리와
팔뚝만 한 당귀들을 햇볕에 말리는데
지나가는 사람들 연신 물어보며 영탄사를 만발한다
그때 뿌리에서 뗀 산작약 눈 몇 개
모악산으로 가지고 와서 장독대 아래 심었다

깨알만 한 싹이 돋더니 5~6년 후 꽃대가 하나 올라왔다
누군가 집에 찾아왔다
선생님 이거 무슨 꽃이에요
방문을 열고 보니 어떤 손님 딱 한 송이 처음으로

막 꽃잎을 열기 시작한 산작약 꽃봉오리를 뚝 끊어서 내 얼굴에 내밀
었다
이- 아니- 이게-　　-　　-　--------

미안하다 미안하다
내가 널 지켜주지 못했구나
그렇게 그녀는 내게서 멀어졌다
다시는 꽃대를 밀어 올리지 않았다 다음 해에도 또 해가 바뀌어도

모악산을 떠나오고 그다음 해 다시 가서 그녀 앞에 앉았다
심심하지 않았니 날 기다렸던 것이니?
같이 가자 거긴 따뜻한 곳이야
네가 살던 지리산자락이니까 마음이 편안해질 것이야
파초나무 아래 그늘을 택해 그녀의 자리를 만들었다

산작약 꽃봉오리가 올라왔다
그녀가 내게 얼굴을 내민다
그래 한 이십여 년 만이구나
오랜만이야 반가워 고마워
무려 이십여 년이 흘렀는데
넌 조금도 변하지 않은 얼굴 그대로구나
난 이렇게 반백의 머릿결 늙어버렸는데

나는 고작 그 말밖에 할 수가 없었다

그녀는 딱 사흘 내게 얼굴을 보여줬다
내일쯤 그녀는 떠날 것이다
한 점 두 점 꽃잎이 시들고 있다

기억의 끈

보길도에 갔을 때 처음 보았다
시인 강제윤에게 부탁했다
그의 먼 친척이 된다는 할머니 집
뒤뜰에 삽목을 해놓은 대여섯 그루 중에
손바닥 두 뼘쯤만 한 한 그루 얻어 와서 심었다
이사를 오던 해, 그러니까 2003년 초가을이었다
그해 겨울 한 송이 꽃이 피기도 했다
그랬는데 다음 해 봄, 생명평화탁발 순례를 떠났다가
한여름 잠시 쉬는 틈을 타서 집에 돌아왔더니

집 옆 개울에 포클레인이 쿵쾅거리고
개울둑이 다 무너진 채
그 나무 보이지 않았다
홍수 피해를 예방한다고
멀쩡한 자연 개울을 파헤쳐 시멘트 옹벽으로 바꾸고 있었다
무너뜨린 개울가 흙더미 속에는 포클레인에 짓이겨지고 파묻힌
그 나무의 주검이 있을 것이다
화가 나서 너무 화가 나서 악을 쓰며 공사를 중단시키고 항의했다
뒤뜰 연못 위에 큰 바위도 사라지고 없었다
모두들 모르는 일이라며 모르쇠로 일관한다
그 나무를 생각할 때마다 고통스럽기까지 했다

작년에 스님이 계신 곳을 갔다가 흰동백이 제주도에서 왔는데
시름시름거린다는 말씀을 하신다
전정가위를 들고 무성한 가지들을 솎아내고
솎아낸 가지들 집에 가지고 와서 삽목을 해놓았다
열 포기 가까이 살아서 여기저기 이집 저집 나누어 줄 즐거움에 젖기도
했는데
올겨울 다 얼어 죽고 말았다

며칠 전 그 스님의 전화,
제주도에서 흰동백이 오는데 가지러 오라는 말씀,
내 몫으로 부탁을 하셨던 모양이다
차편이 마땅치 않다고 했더니 어제 가지고 오셨다

여기를 파도 큰 돌 저기를 파도 돌무더기,
오늘 아침 일찍부터 일어나서 곡괭이, 호미, 삽 동원해서 허리가 휘도록
심었다
비가 온다
부디 꼭 잘 살아나라고 비가 오신다

잊지 않기 위해서라기보다
무엇인가 해야 되는 것이 아닐까
그것이 무엇이 되었든

잊지 않았던 기억의 끈은 이렇게 돌고 돌아 온다
오늘 4월 16일 다시 또 흰동백을 심었다
죽음에서 돌아온 흰동백이 꽃을 피우듯
세월호의 영혼들이 이 땅에 꽃불을 지피리라 믿는다

돌아오지 않은 주검들 꼭 돌아오리라 믿는다
그렇게 만들어야 한다고 그래야만 된다고
그러기 위해서는 우리가 그 무엇이라도 하고 있어야 한다고
저 빗물의 하늘처럼 눈물이라도 흘리고 있어야 한다고…

그녀에게 차 한잔과 모란꽃 한아름을

인기척, 누가 문을 두드린다
오른쪽 등 뒤에 담이 잔뜩 들었다
그 선을 따라 오른쪽 뒷머리가 지독하게도 아프고
목을 가눌 수 없을 정도였다
파스를 찾아 붙이는데 손이 잘 닿지 않아서 겨우
붙였는데 잘못 붙었다
다시 떼어 붙이려다가 그만
뒷머리카락까지 이미 붙어버려서 눈물이 찔끔 나려고 하네
에이 그냥 놔두자 그러고 누워 있던 차였다

내가 몸이 좋지 않아서 그러는데 다음에 오시면 좋겠는데요
멀리서 왔는데... 내일은 안 될까요?
그럼 내일 2시쯤 오세요
그렇게 약속을 하고 그 사람은 돌아갔다

그날 저녁 허약한 허약사가 와서 잘못 붙인 파스를 떼는데
악~
약을 바르고 정성껏 주물주물한 후
파스를 제대로 붙여주고 갔다
다음 날 한결 좋아지기는 했는데 안 되겠다 병원에 가든지 해야지
그러고 있는데 내가 모악산에 살 때 아랫동네서 내 우편물 받아주고

며칠 계속해서 눈이 많이 오는 날이나 몹시 비바람이 치는 날이면
안부가 궁금해 방문을 열어보던 분이 일행과 함께 찾아왔다
차 한잔 마시고 그분들 돌아가는 길 따라나섰다
이크~ 시간을 들여다보니 2시 40분, 커피방 양탕국에 전화했다
어서 좀 가보라고, 사정이 이러한데 내가 깜빡했다고
그 사람을 만나면 양탕국에 모시고 가서 커피 한잔 대접하라고…
3시가 넘었다 아무도 없다는 전화
어디에서 왔는지 이름도 모른다

다음 날 치료 잘 받고 돌아왔다
그녀에게 봄비 오는 날 아침 병꽃나무꽃과 병꽃풀이 마주하는 차 한잔
드린다
또르릉거리며 빗방울이 내려앉은
오늘 아침 모란꽃 한아름 그녀에게 미안함을 대신하여 드리네
또한 부재의 집에 왔다가 발길을 돌린 이런저런 분들께
언젠가는 꼭 차 한잔 드리겠다는 약속도 함께 드리네

첫 향기

어제 그제 찻잎을 따고
오늘은 찻잎을 햇볕에 널었다가 다시 그늘에 두어 시들키고
비비고 비벼 저녁 무렵 아궁이에 뜨끈뜨끈 발바닥이 뜨겁도록 장작불을
때서
첫 발효차를 만드는 날
아침에 마당에 나가니

흰해당화가 피었다
아 이 순정한 향기라니~

햇볕 참 좋은 날,
오늘 같은 날이면 차가 잘 시들켜지고 비비는 일도 잘되겠다
벌써 징조가 다르다
흰해당화 한 송이가 막 피어난 아침 마당에 찻잎을 널었다

널었는데 그제 딴 찻잎을 저녁에 하늘 아래 첫 동네
심원마을 놀러 가는 통에 어제 널지 않았더니
거뭇거뭇 말라가는 것이 눈에 많이 띈다
안 되겠다 이런 볕에 그대로 두었다가는 바짝 다 타버리겠다
먼저 시든 찻잎을 골라내느라 꽤 시간이 걸렸다
그래 인생도 마찬가지겠지
할 일을 뒤로 미루고 아주아주 즐겁게 논 시간 탓에 그만큼 더 땀 흘려야
한다는 것,
반드시 부메랑이 되어 돌아온다는 바로 눈앞에서 일어나는 이 즉각적인
증거
아무튼 좋은 햇볕과 흰해당화의 향기로운 꽃그늘이
슬쩍 배어 시든 찻잎을 뒤뜰 원두막으로 가져가서

그늘에 조금 더 시들키는 동안 나는 점심밥을 준비한다
저기 어디 소장님이 부재중에 놓고 가신 갖은 양념에 재워놓은 쭈꾸미로
덮밥을 만들어 맛있게도 냠냠 하려는데
원두막에서 파수를 보고 있던 빈산이 소리친다
밥을 나중에 먹자고 한다
주물러야 하겠다고 어서 비벼야 하겠다고

비볐다 비비고 비비고 주물렀다
네 개의 대바구리에 널려 있던 찻잎을 비비니
한 바구리가

밥을 먹고 다시 한번
비비고 비벼서 펴 널었다
향기
음…

흐린 날 같으면 세 번을 마친 후 대략 밤 9시쯤에야
겨우 항아리에 넣어 발효시키는데
오늘은 빨리 시들어서 두 번 정도 더 비벼도 되겠다

항아리에 담겨
온 방 안을,
안과 밖을 물들일
향기로운 저녁이 곧 오리라

울릉나리의 새싹처럼

울릉도에서 건너온
울릉나리, 우리 집에 울릉나리 한 포기가 살고 있다
처음 데리고 왔을 때 개울가 쪽에 심어놓았는데
개울 쪽 축대가 무너져 내리며 생사를 알 수 없게 되었다
다음 해 무너져 내린 흙과 돌더미를 뚫고 올라온 울릉나리의 새순,
내내 안타까웠는데 어찌나 반갑던지
새순 앞에 앉아 한동안 뭐라고 뭐라고 말을 건넸던

그 울릉나리꽃 한 송이가 오늘 아침,
다른 꽃송이들도 제법 주렁주렁 매달았다

울릉나리 곁

작년까지 뒤뜰 개울 쪽
자두나무 아래 비실비실
존재감도 없이 숨죽여 살던
해당화를 올봄
앞뜰로 옮겨주었더니
벌써 두 송이째다
흰해당화를 가져올 때 딸려 왔던 것인데
미안하다 미안하다
그간 흰해당화에 대한 편애에 밀려 뒷방 신세를 면치 못하다가
이렇게 뒤늦게서야…

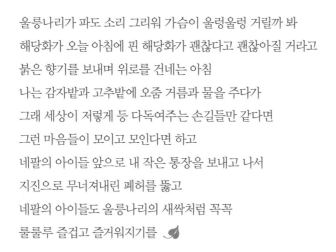

울릉나리가 파도 소리 그리워 가슴이 울렁울렁 거릴까 봐
해당화가 오늘 아침에 핀 해당화가 괜찮다고 괜찮아질 거라고
붉은 향기를 보내며 위로를 건네는 아침
나는 감자밭과 고추밭에 오줌 거름과 물을 주다가
그래 세상이 저렇게 등 다독여주는 손길들만 같다면
그런 마음들이 모이고 모인다면 하고
네팔의 아이들 앞으로 내 작은 통장을 보내고 나서
지진으로 무너져내린 폐허를 뚫고
네팔의 아이들도 울릉나리의 새싹처럼 꼭꼭
룰룰루 즐겁고 즐거워지기를

자리마다 꽃이다

몇 년 전 뒷방지붕과 창고지붕 사이 벌어진 틈 속에
몸을 푼 고양이가 있었다
양철지붕 위에 누가 우당탕탕거린다
올라가보았더니 꼬물꼬물
다섯 마리 새끼를 낳아 젖을 물리고 있는 것이 아닌가
정육점에 가서 소고기 반 근을 끊고 우유 큰 통 하나 사 왔다
소고기미역국 내 생일에도 끓이지 않는데 나 원 참
한 솥의 미역국과 우유를 먹은 고마움의 표시일까
이틀 후 아침 악~
댓돌 위에 머리가 없는 쥐 한 마리가 놓여 있었다

얼마 전 뒤뜰에 있던 원두막이 쓰러진 자리
차를 만드는 작업실을 짓느라 공사를 하던 이들이 창고 문을 열어놓고
간 사이
집 근처를 알짱거리며 다니던 고양이가 잽싸게 들어와 또 몸을 풀었다
얼굴 반쪽이 선연하게도 다른,
옛날 만화영화 속 아수라 백작이 떠올라서 아수라라고 부르는 녀석

발효차를 만드는 도구들, 채반이며 멍석 등을 꺼내러 창고에 들어갔는데
쉭쉭 쇳소리가 들려 살펴봤더니
잔뜩 경계를 하고 있는 어미와 아직 눈도 뜨지 못한 세 마리 새끼들,
아으~ 어쩌겠는가
다시 또 소고기 반 근과 우유를 사 와서
한 그릇씩 한 그릇씩 갖다 주었다
그런데 이 녀석 입이 짧아서인지
조금씩밖에 먹지 못한다

녹차 잎을 따준다며 와 있던 이들이
고양이 산모 덕분에 맛있는 소고기미역국을 다 먹어본다며
한 그릇씩 배를 불렸다
그랬는데 엊그제는 아니 세상에 별일도 다 있지
어미가 마침 앞마당으로 나와 있길래 먹이를 주려는데
슬금슬금 다가오더니 꼬리를 바짝 올려 들고
내 등 뒤로 다가서더니 몸을 부벼대는 것이 아닌가
지금껏 곁 한번 주지 않던 들고양이였는데 아니 이런 일이 흐흐

그랬는데 엊그제도 또 한 번 그러더니
어제는 먹이를 먹으러 다가오다가

냄새를 맡은 다른 고양이들이 마당으로 모여들자
그 고양이들을 보며 냐옹냐옹거리더니
또 내 등 뒤로 다가와 몸을 한 바퀴 비벼대는 것이다
마치 그 고양이들에게 나는 이 사람과 이런 사이다
뭐 꼭 그런 큭큭^^

차차차가 지났다
찻잎 따느라 고맙고 수고로운 손길들에
비록 적은 양이나마 첫물 녹차를 나눌 수 있어서
그나마 미안함을 덜어본다

뒤뜰 별채 당호를 한소헌(閒召軒)이라 지었다
한가함을 부르는 집이라는 내 욕심을 조금 얹어보았다

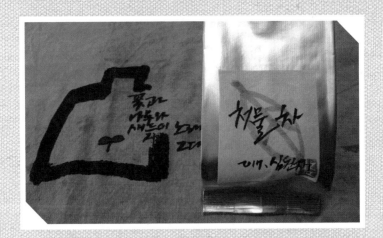

거기 그대들이 한 잎 한 잎 따며
미소를 띠웠던 평화로움이,
우주의 고요 한 점, 마음의 점 한 점이 익어가고 있다
그래 삶의 자리마다 어찌 꽃 아니겠는가

마음의 손을 모아서

살아오며 그런 날이 있었을까
이 땅의 오월이 이토록 눈부시다니
푸르다
싱싱하다
만나는 초록들이 저마다 싱그러워서
가슴이 벅차올라서 눈물겹기도 하네

반짝이는 햇살 아래
차가 익어가고 있다
뜨거운 양철지붕 위 고양이가 아니라
뜨거운 항아리 안에서
찻잎 속 푸른 오월을 품으며
황차가 익어가고 있다
고개를 끄덕인다
그렇게 고통을
온몸으로 통과해야 향기를 지닐 수 있겠지

개울가 작년 가을 제주도에서 이사 온
흰동백이 힘겹게 꽃송이를 보여주더니
꽃이 진 가지가지

아름다운 것이 어찌 꽃뿐이랴
새순이 돋는 자리 묵은 잎들이 제자리를 내어주려 숨을 놓는다
출퇴, 나아가고 물러날 자리를 아는,
고집하지 않고 어긋나지 않는 자연의 순리
이렇게도 모든 현상을 통해 날마다 날마다
내 어리석고 못남을 일깨우고자
……

고맙습니다
바르게 배우도록 날 이끄는 자여
내가 입으로 선함을 꾸며 다른 생명을 기만하지 않게 하시길
안과 밖이 다르지 않고 머물지 않는 길을 가게 하시길
그리하여 몸과 마음이 그 안에서 머물며 고요해지기를
두 손을 모아서 🍃

영역 다툼과 아우 셔

고추와 오이, 호박, 가지, 토마토의 거름으로 쓰이는
우리 집 잘 삭은 오줌 요법 오줌통에 오줌이 부족하다
지금 한창 거름이 필요할 때인데…

아침에 나갈 때마다
아주 불쾌한 악취가 코를 찡그리게 했다
어디서 이런 고약한 냄새가 나는 거야
개울가 쪽 마당 여기저기
수북했다 뭔가 했다
ㅇㅇㅇㅇ ㅡ ㅡ
알고 보니 이런 신바를 것들이
부글부글 끓는다 끓어
삽과 걸개를 가져다 다 치웠다
어제도 그랬고 그제도 그랬다
그래도 댓돌 위쪽 같은 곳에는 안 했으니 그나마 다행 아니냐고
그럭저럭 넘겼는데
아 내가 이 나이에 그까짓것들 💩이나 치우고 있어야 하냐고
푸념이나 하고 있었는데
이제 더 이상은 못 봐주겠다
냐옹 느덜 다 주거써

마당 입구나 개울가 쪽 다리 앞

그리고 마당 여기저기 누가 볼세라 조심조심 살피며 경계를 표시하고

다닌다

여긴 내 구역이라며 비록 다리 한쪽 들지는 않았으나

어제부터 그랬는데 오늘 아침에 나가보니 없다

정말 효과가 있는 것인가

짐승들이 영역을 표시하는 방법을 떠올리고 해보았는데

오늘 낮에는 한창 볼일 중인데 우편배달부 아저씨 오토바이 소리가 나서

허걱~ 뒤돌아서며 자른다고 잘랐는데 바지에 그만 새고 말았다

아웅 축축해

그런데 어쩐 일로 아랫집만 들렀다 가는 것 아닌가

에고 오줌통에 눠야 할 귀한 거름인데

겨우 냐옹이들하고 영역이나 다투는 거로 쓰이고 있으니 쯔쯧

아무튼 그건 그렇고

비파가 익었네

노랗게 익은 비파를 보니 분이 풀린다

껍질이 아주 질겨서 벗겨 먹어야 하는데

쓱쓱 잘 벗겨진다

아우 셔

새콤달콤 아우

이거 누구랑 다 먹지

이리 오너라 벗겨 먹자~

셔라 셔

친절한 경고

얼마 전 도매니저 님이 한 줄 메모에 올린 사진 한 장
참 재미있어서 시로 한번 써봤다
이거 표절 시비 붙지는 않겠지

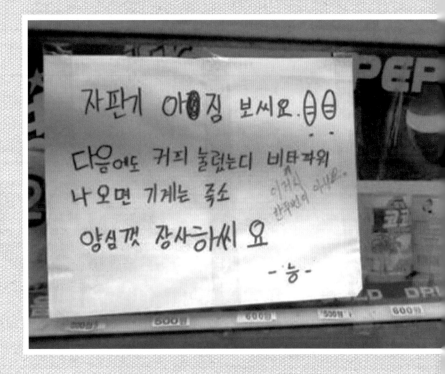

친절한 경고

달달하고 구수한 꽃다방표
미국에서 살다 온 병희형은
한국에 이렇게 맛있는 커피가 있는 줄 몰랐다고
놀라기도 했다는데 한때 반짝 팬이었다는데
전라도 어느 마을 고장 난 자판기 앞 격문이 붙었다

자판기 아짐 보씨요
다음에도 커피 눌렀는디
비타파워 나오면 기계는 죽소
이거시 한두 번이 아니요
양심껏 장사하씨요

저 비장하고 결의에 찬 단호한 의지
기계는 죽소라니
한두 번이 아니었다니
멱살을 잡혀 흔들리고
주먹다짐 손찌검 발길질에
욕을 먹어도 애진작이었을 텐데
허 참, 그것참, 경고가 친절하다

미나 님 나중에 혹여 이 시 발표하고 원고료 받으면
한턱 다 쏠게유 지둘리셔유 🍃

다시 웃기는 시 한 편

근래에 올린 사진 중에
청명이라는 분이 올린 사진이 있다
그 사진의 사연이 또한 기막히게 웃음을 선사했는데
아마 미나 님도 이 사진을 보고서
자판기 사진을 올리지 않았나 생각한다
일찍 든 잠이 깨어 엎치락뒤치락하다가
에이 놀면 뭐해 시나 쓰지 하고

도둥년에게

도심 골목 담벼락 밑 작은 꽃밭
어느 할머니 애지중지 상추와 쑥갓을 키웠으리
자식 따라가며 논밭을 버린 후 속창시 빠진 마음
솔솔 재미 붙이는데
누가 자꾸 뽑아가나 그 심정
궁리 끝에 헌 종이박스에 담아 꽂아놓았구나

> 도둥년 나뿐연
> 상추 뽀바간연
> 처먹고 디저라
> 한두 번도 아니고 매년

아따 그러니까 이게 저주라면 참말로 독한 저준데
상추를 먹고 급살 맞을 사람 어디 있을까
할머니는 자못 심각한 것인데
무섭다기보다 재미있어서
도둥년은 이제 욕도 처먹었겠다 상추를 또 뽑아갈 것 같고
그다음 처방은 뭐라고 내걸릴까 슬슬 궁금해지고
시방 나는 웃음이 나는 걸 어쩌겠는가

＊추신: 시로 만들어 보며 글자 한 자 일부러 바꿨다. 도둥년보다는 도둥
년 하는 표현이 더 정겨울 것 같아서. 이거 누가 먼저 써먹었을까 🍃

순하고 독한 생각

내던져진 삶으로 생의 밑바닥을 한 번쯤 쳐본 사람이라면,
그리하여 그 바닥을 딛고 스스로 일어선 사람이라면,
누군가의 손을 잡고 일어난 따뜻한 고마움을 아는 사람이라면,
번들거리던 탐욕의 눈빛 거두어져서 순하고 맑아지리
그런 줄만 알았는데 반드시 그런 것만은 아니다
어찌하겠는가
운명으로 체념하기에는 너무 슬픔의 무게가 가혹하다
세월호뿐이겠는가 폭격당한 가자지구 팔레스타인과 말레이항공기뿐이
겠는가

명상음악을 틀어놓고 듣다가
불쑥불쑥 뒤틀린 세상의 일들이 튀어나온다
고요한 수면이 깨진다
내 얕은 강물의 깊이가 파문에 휘청거린다

마당에 나가 비 갠 하늘을 보다가 긴 숨을 들이켜다가
눈을 돌렸다
덩굴 수북해진 거기 애호박과 고추들
자연이 내게 준, 내 땀방울이 조금 깃든 생명의 양식

이제 입안에 호박 냄새가 물리도록

애호박나물과 호박국이, 새우젓을 넣고 만든 애호박찜이
밥상 위에 오르겠지

그래 저 순한 애호박을 먹고 순한 생각을 하고
저 독이 오를 대로 오른 매운 고추를 먹고 독한 생각도 하고…

그러든가 말든가

가시연꽃에 대해서 시를 두 편
쓴 적이 있다
누군가를 안다는 것이 얼마나 오랜 사랑이 필요한 것인지
그걸 깨닫기까지 많은
번민과 불면과 상처와 고통이 꼬리를 물 것이다

가시연꽃이 꼬물꼬물 새로운 꽃대를 밀어 올리자
먼저 피어 있는 꽃이 옆으로 사르르 몸을 눕힌다
피어날 꽃을 위하여
자리를 내어주는 것이다
그 꼿꼿하던 꽃대를
그러니까 제 자리를 고집하지 않고
그러니까 제집을 다 내어준다는 것인데
할!
이렇게 몸서리치는 말씀으로 죽비를 내리치는 것인데

다시 나는 또
그러든가 말든가
반찬 그릇 장식으로 썼던 무지개 화장실 앞 국화 한 송이와
맥문동 꽃가지와 잎 한 줄기를 꽂아 상 위에 올려놓고
차를 마신다 🌿

너와 함께 늙어가고 싶다는 노래

채소 씨앗들 혼자 쓰기에는 양이 너무 많다
2년 정도면 놔두어도 괜찮지만 그래도 한 봉지에 담긴 씨앗이 많다
씨앗들 건너 매계마을 상윤이네와 함께 나누어 쓴다
무씨 뿌린 지 3일
토요일에 상윤이네 집에 가서 무씨를 얻어 와
뿌렸는데 벌써 불쑥불쑥 흙을 뚫고 고개를 내밀었다

자리마다 씨앗들 많이 넣었으니
한두 포기씩 남기고 솎아서 새싹비빔밥을 해 먹거나
새콤달콤 야채 겉절이를 해서
너와 함께,

그대와 당신과 함께 냠냠

해남 달마산 도솔암 가는 길
도라지모시대꽃,
이제 비가 개고
저 도라지모시대꽃 같은 파란 가을이 한 몇 뼘,
아니 몇 발은 더 가까워지겠지
너와 함께, 그대와 당신과 함께 가을 하늘의 별밭 우러르고 싶다

비 갠 아침
노래를 듣다가 노래 제목이 눈에,
그러니까 당신과 함께 늙어가고 싶다는 세레나데이겠지
너의 팔에 안겨 죽고 싶다는,
그래 너와 함께, 그대와 당신과 함께
늙어가고 싶다는 사랑의 노래 한 곡 띄운다

<I wanna grow old with you>
- westlife

달려온다

뒤뜰 큰 바위 아래 땅을 파고 연못을 가까이하던 때가 있었다
거기 악양천에서 잡힌 눈먼 물고기들이 버들치들과 동거를 하기도 했다
안상학 시인이 잡은 민물장어며 누꼬 님 아버지께서 가져오신 꺾지 등
등등
그 작은 연못에는 엄지손가락 마디만 한 금붕어가 뻥튀기처럼 자라나
자기가 무슨 비단잉어나 되는 줄 알고 내 손바닥 한 뼘이 훨씬 넘는
월척쯤 자라서
신기한 풍경을 자아낸 적도 있었다

늦은 밤 돌아와 연못 곁으로 가면 발자국 소리에 놀란
해오라기가 푸르릉거리며 날아올랐고
이따금 해거름에는 백로나 왜가리가
내 눈치를 살피며 입맛을 다시다가 슬쩍슬쩍 드나들기도 했지만
모르는 척 넘어가주었다

그 연못에는 보길도 세연정에서 훔쳐 온 애기수련이 살고 있었고
뽑아내도 뽑아내도 무성하게 번지던 노랑어리연도 있었는데
산사태로 다 메꾸어지고 없어졌다
연못을 다시 복원하라는 말들도 있었다
경주 안압지 생각도 났다
내 삶에 국보나 보물로 삼을 만한 인연들이

기억의 시간을 되돌려놓을 수도 있겠지만
한 줌 부토가 되어 돌아갔을 것들을 떠올려보기도 했다
인위를 더하지 않기로 했다

앞마당 작은 돌수조 속에
구례 사는 동갑내기 친구 탄우 도사가 가시연을 얻으러 오며 가져온
어리연꽃이 이제야 꽃을 피우기 시작한다.

어제 처음 한 송이가 피더니 오늘 아침 두 번째 꽃송이다
그 옆에 올해는 흙도 못 갈아주고 해서 조금 비실비실하더니
섬진강가 산책하다가 길 위에 나와서 미라처럼
딱딱하게 말라죽은, 한 마리 두 마리 주워 담은 지렁이들을
한 봉지 가져와서
돌수조 속에 넣어주었더니 거름발이 효과가 있었나 보다
가시연꽃도 꽃대를 자주 올린다

그래 무언가를 얻기 위해서는 그만큼의 수고로움이 따르는 것,
그러나저러나 화장실 가는 길
무성한 풀섶을 뽑거나 베기는 해야 할 텐데
무씨도 뿌리고 배추 모종도 하고 고수 씨앗들 꺼내서
가을 텃밭도 일궈야 할 텐데 처서를 앞두고 일거리들이…

아니 이게 웬~

자다가도 떡을 얻어먹는 사람이 있다더니
바로 나를 두고 이르는 말인가
가을걷이 준비를 해야 하는데
웬수 같은 날씨로 인해 차일피일 미루던 손바닥 텃밭 일
더는 미룰 수 없어 어제는 눈 질끈 감고라도 해야지 맘먹었더니
마침 바람도 씽씽 불고 좋구나 좋아
내 키를 훌쩍 넘게 자란 풀들 자르고 치고 뽑아내며 보니
아니 이게 웬 떡 아니 웬 호박~

진도지기 님이 보내준 호박 속을 긁어내서 맛있게 쪄 먹으며
호박 속을 거름더미에 버렸는데 싹이 나와서 이렇게

하나는 앞 동네 상윤이네
또 하나는 마침 놀러 온 풀에게 나눠주고
하나는 막 졌는데 아직 숙성이 덜 되어서 그런지
호박 속을 긁어내려고 잘라보니 주홍빛이 아니고 샛노랗다
진도지기 님이 보내준 호박 맛만큼은 아니다
나머지는 며칠 더 숙성시켜서 쪄 먹어야겠다
아무튼

놀라운 일은 어제 일을 하는 동안 모기도 한 마리 보이지 않았고
땀도 흘리지 않았던 아주 알차고 즐거운 시간이었다는
왼쪽 밭에는 무씨를 심고 오른쪽엔 앞쪽으로 배추 모종과
뒤쪽으로 고수 씨앗을 호빡 뿌리고 물도 주었다
씨앗들이 깨어나 불쑥거리고 올라오겠지 🌿

너무 바쁘게 왔다

마땅히 해야 할 일이 어디 한두 가지뿐이겠는가
바쁘다는 핑계로 고추들 붉게 익어
손길 기다리고 있는데도 고개 돌렸다
심고 벌레 잡아주며 키워서
풋고추 따 먹을 때는 어떤 마음이었으며
눈길 외면하는 마음은 또 어떤 것이었나
기다리다 지친 붉은 고추들 하나둘
고추밭 아래 짓물러지며 떨어져 있다
생명의 자연이 내게 보낸 선물을 함부로 버린 것 같았다
저래서는 안 되는데 이렇게 살아서는 안 되는데 죄 받는데
돌이킬 수 없이 짓물러 떨어진 것들 어쩔 수 없다
아무리 바빠도 내가 책임을 져야 할, 도리를 다 해야 할 일

고추를 따서 파란 가을 햇볕에
애호박들도…

이것들 잘 말리다가 지붕 위에 얹어놓고
깜빡 들여놓지 못한 채 안동에 갔다 왔다
그러고도 미처 생각하지 못했다
어제저녁 아궁이에 불 때러 나갈 때 빗방울 하나둘 내리고 있는데도
까마득히 잊고 있었다
불 때고 들어와 양철지붕 위 빗방울의 노래를 듣다가
점점 거세지자 그때 아차, 이런…
후다닥 뛰어나가 가지고 들어와 살피니 어휴~ 상태가 그래도 괜찮다
물기들 방바닥에 밤새 말리고 아침 햇살에 내다 놓았다
미안하다 미안하다

어제저녁에는 생각에 생각을 거듭하다가
죄송하고 미안한 마음 거듭거듭이지만
행사 몇 개 취소시켰다 몸이 따라주지 않기도 하지만
너무 바빠졌기 때문에 지금껏 살아오며 지켜온,
마땅히 해야 할 도리를 다하지 못하고 있다 여겼기 때문이다

봄과 여름, 땀 흘리며 건너온 땀방울의 시간
가을 하늘 아래 반짝이지 않는 것 있겠는가
스스로 위안하자 올가을이 너무 바쁘게 왔다고

사랑도 그러려나

밥도 질리고 물릴 때가 있다
그래서 국수를 해 먹기도 하고 짜장면을 사 먹기도 한다
물론 별미인 라면도 가끔 게으름이나 시간 절약의 끼니로
대신하기에 적당하다
딱 가지 한 포기 심었을 뿐인데
이 이 이 우리 집 가지는 왜 이렇게 많이 열리는 거야
쪄서 새콤달콤매콤 무치고 가지선을 해서 먹고
국에 넣어 끓여 먹고 호박, 감자, 양파, 당근, 가지를 또박또박 썰어
조리다가 그 위에
치즈가루를 뿌려 술안주로 만들어 먹다가
이제 물린다 물려 그런데도 가지는 자꾸 열린다
흠… -_-

양파와 당근과 가지를 넣고 슬슬 조리다가
발아현미가루를 멸치다시마육수에 풀고 마늘과 붉고 파란 고추를
따다가
다다다다 다져서

흠~ 만들고 보니 또
술안주네
할까 말까

.

.

망설이다가

.

.

.

사랑도 그러려나?
술도 물리고 질릴 때가 있다
그냥 잤다

안부

나왔다 들어갔다 구름이 뒤덮다가
애호박 썰어 널라며 오늘 아침 반짝이던 해는 뭐냐
놀려먹은 거였냐

몽탄 갔다가 돌아오는 길 그녀에게 들렀다
사실은 그 전날 그녀에게 온 전화 때문이었다
며칠 전 내 생일 다음 날 온 전화를 받으니 아들 생일을 까먹었다고
미역국은 먹었느냐는 전화
아니 뭐 내가 애를 낳았어요 미역국은 어머니가 드셔야지…
그랬는데 바로 그다음 날 전화가 왔다는 부재중 표시
전화를 했는데 받지 않는다 몇 번을 해도 받지 않았다
혹시 생일 까먹은 전화하신 걸 기억하지 못하고 다시 하신 것일까

몽탄 가는 길 전화를 건다 두 번 세 번, 그때야 통화가 되었는데
뭐 둘째 누나가 보내준 이불을 내게 보내겠다고
뭐라고요? 싫다고 했다 이불 많아서 둘 곳도 없다고
단칼에 잘랐다 정말이지 보내지 말라고 그리고 끊었다
누구라도 그 통화 내용을 들었다면 그랬을 것이다
저 못된 놈 하며 속으로 혀를 끌끌 찼을 것이다

그녀에게 들렀다 마침 그녀는 물리치료를 받고 있었다

그런데 고개를 돌려 나를 보더니 다시 고개를 제자리로 돌렸다
순간 가슴이 쿵 했다 어머니 하고 부르려던 목소리가 쑥 들어갔다

안내를 맡은 분이 재차 아들이 왔다고 하고 내가 침대 옆으로 다가가서도
몰라본다 그러다가 깜짝 놀라듯이 벌떡 일어나서
미안하다고 아들도 몰라봤다고
다른 사람인 줄 알았다고 끌어안고 울먹이신다

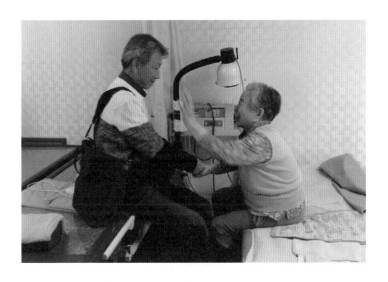

휴게실로 자리를 옮겼다
시집은 진작 보내드렸다
요양원 원장님 드리라고 한 것이다

그리고
이번에는 내가

그녀가 준 이불 받아 왔다
어제 그제 저녁 그녀가 준 이불 덮고 잤다
따뜻했다

안부

뭐라고요 아니 말투가 왜 그래요
치매가 다시 깊어지셨나
전화기 건너 목소리가 자꾸 바람이 샌다 빠진다
앞니가 두 개 빠졌다고
팔순 넘은 주름살을 아이들처럼
이빨 빠진 도장구가 되었다고 놀려대다가
눈을 감으니 찰칵,
파파라치보다도 재빠르게도 찍혀 전송된다
픽, 내 입술에도 바람이 샌다 빠진다
내 눈가에도 주름살 깊게 춤춘다
어머니 까치에게 줬어야죠 헌 이 줄 게 새 이 달라고
그때도 이제 옛날, 구순 넘은 어머니
틀니가 궁금해서 전화를 하는데
전화 받는 법을 잊어버리셨나
덜컥 가슴이 내려앉았다가 풀어졌다가

당신의 얼굴과 삶은 달걀

돌에 새긴 얼굴이 있었다
어떤 이가 석공에게 물었다.
어떻게 저런 아름다운 상을 조각할 수 있었느냐고
석공이 대답했다
지극하나 텅 비어 있는 마음으로 돌을 들여다보면
그 속에 담겨 있는 상이 있다고
나는 다만 그걸 불러 내놓았을 뿐이라고

사람의 상이 각기 천차만별이겠으나
그 상태에 따라 크게 다를 바가 없을 것이다.
뜻하지 않는 일을 당하여 잔뜩 찡그리며 노여워하고

덧없고 끝나지 않는 인생 세간에 대하여
깊이 고뇌하며

사람들이 왜 나를 알아주지 않는 거야
자신의 탓보다는 먼저 남을 탓하거나
흥~ 비쭉비쭉 입을 잔뜩 내밀며
세상이 못마땅하다 여기기도 하겠지

누군가를 조롱하고
냉소와 썩은 웃음을 짓기도 하며
휘~ 휘~
남의 불행을 만나면
오 노~
내 탓이 아니야
나와는 상관없어 나만 즐거우면 돼
휘파람을 불 것이다

살다 보면
코가 납작해지도록
낭패와 부끄러움을 당하기도 할 것이다

그렇게 늙어 왔단다
때로 허탈하지 않은 인생의 순간들
어찌 없었겠는가
쓰러져 우는 것보다는 웃는 것이
스스로에게 위로나마 되지 않겠어

세상을 향해
또는
누군가에게 인상도 써보았지

울 수도 웃을 수도 없는 현실이
왜 하필이면 내게 일어난 것이야
아- 그래,
삶은 고해라고 했었지
삶은 달걀이라고?
난 삶은 달걀을 좋아해~🎵
삶은 달걀이 먹고 싶어지네~🎵

삶은 달걀이 웃고 있네
삶은 달걀을 까먹어야겠다

여행 갈 때
삶은 달걀을 넣어 가던 기억,
가을이다 이 가을 여행에는
꼭
삶은 달걀을 싸가야줘 🍃

벌레와 노을

우리 집 텃밭 농사
모기장을 씌워준다고 다 되는 것은 아니다
흙 속에서도 부단히 알에서 깨어난 벌레들이
무와 배추 잎을 갉아 먹어서 안심할 수가 없다
그렇더라도 모기장을 씌워주면
밖에서 나비나 나방들이 날아와 알을 슬지 못하기 때문에
한결 수월한 것은 사실이다
그것만이 아니다 벌레들을 잡다 보면 모기들 때문에 고생인데
모기장 안에서 일을 하니까 모기에 물리지 않아도 되고
일 석 몇 피쯤 된다
그런데 올해는 모기장 아랫부분 단속을 제대로 하지 않고
며칠 외출을 했다가 돌아오니 텃밭에 씌워 있어야 할 모기장이
훨훨 텃밭 밖에서 나부끼며 날리고 있는 것이 아닌가

그리하여 얼마나 많은 나비들이 들어와 알을 낳고 갔을까?
다른 해와 달리 올해는 벌레들이 참 많다
오늘만 해도 이렇게 많은 벌레들을 잡았다

극락왕생 극락왕생
핀셋으로 벌레 한 마리를 잡아서 배추나
무포기 아래 묻어줄 때마다
극락왕생을 되뇐다

쉬운 일이 어디 있을라고
한 포기 채소를 얻기 위해, 무엇 하나 먹기 위해,
그래 한 송이 꽃을 보기 위해서도 그렇겠지
하물며 사랑을 위해서라니…

하루의 노을처럼 한 해도 저물고 있다
저 노을처럼
사랑할 시간이 얼마 남지 않았는가
아니다 사랑할 시간은 아직 이 가을로도 충분하다
사랑으로 물들어갈 시간 이 가을로도 넉넉하다
아궁이에 장작개비를 다섯 개나 넣었으니 오늘은 따끈따끈
아랫목이 행복할 것이다

하늘을 걸어가거나 바다를 날아오거나

아주 가끔은 바닷가 혹은
절벽 끝에 나가 자리를 펴고
술 마시고 싶을 때가 있다
노래를 부르다가 술 마시다가
가슴속에 담겨 있는 이름들을 꺼내어 부르다가
다시 술 마시다가 앉거나 누워
눈을 찡그리며 하늘을 바라보다가
다시 술 마시다가
일어나 춤을 춰보다가

서른쯤의 젊은 날 그런 시를 쓴 적이 있다

바람이 불면 그렇게 할 일이다 그 술이라던가 사람이라던가에 취하여 쓰
러질 일이다 다시 눈을 뜨고 술 마실 일이다 그럴 일이다 봄이 온들, 꽃
이 피어난들 아름다운 사람의 사랑도 잊혀져갈 일이다 그렇게 세월이
가고 흐르듯 가고 그리하여 술 취할 일이다 이제 술 취하지 않는다면
사람들아, 그 많은 날들의 서러운 그리움을, 저 불어오는 바람을 어쩌란
말이냐
- 〈흔들리는 나〉

절벽 끝 허공 속으로 추락처럼 떨어지거나
아니지 하늘을 걸어가거나
바다를 날아오거나
파트리크 쥐스킨트의 《좀머씨 이야기》가 떠오른다

....
....
....
...
.

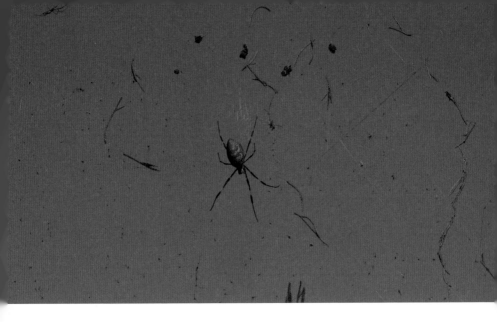

가을 악보

옷깃을 여미게 하는 날들
가을이 깊어간다
저 거미들도 허공에 지어 올린 집을 거두고
땅으로 혹은 무엇에겐가 윤회의 양식과 거름으로
이번 생을 마치게 되겠지
어느 곳, 어디인가로 돌아갈 것이다

통통하게 살이 오른 거미와 파란 하늘을 보며
문득 겸손이라는 말이 떠올랐다
깊은 가을이라는 말도 떠올랐다

귀천을, 생명을, 탁발을 그 은혜로운 받아들임을
그런데 왜 사랑이라는 말은 떠올리지 못했을까

길가에 널어놓은 나락 위로
벗나무 잎새들이 무늬를 이룬다
가을 악보를 그린다면 이럴까
누군가를 오래 들여다보면, 사물의 본질에 귀 기울여보면
지금의 모습과 풍경을 직조해낸
씨줄과 날줄의 땀방울들이 물결쳐 와서
겨드랑이가 축축하게 젖어오고
화끈— 얼굴이 뜨거워질 때가 있다
엄마 엄마 엉덩이가 뜨거워~♪♫
어찌 부끄럽지 않겠는가
그리하여 지금은 아주 조금만
조금쯤 겸손해지는 시간 🍃

돌아갈 것 돌아가게 하고

첫서리가 내렸다
또한 이쯤이면 벌레들 앞에서도 견딜 만하다
모기장 이제 걷어줘야지

가지와 고추와 토마토가 자라는 밭고랑도
서리를 맞고 축축 처졌다
토마토와 가지가 너무 우거지는 바람에
중간에 끼웠던 고추가 힘겨워했는데
이 고랑도 정리해줘야겠지

땅으로 돌아갈 것 돌아가게 해야지

그런데 그네나 순실이 명박이 이런 것들은
땅으로 돌아가게 묻어버리면 안 되겠지
땅이 얼마나 더러워지겠어
그냥 천년만년 원자력 폐기물과 같이 묻어버려야 할 텐데…

지난여름내,
내 밥상을 지켜주었던 것들
고맙습니다 안식의 흙으로 돌아갈 것이다

그리하여 마지막 남은 것들
음…
풀덤불 속을 걷어냈더니
보물찾기다~
거기 이런 것들이 날 기다리고 있었네

가지는 말리고
솎아낸 무청은 데쳐서 된장무침을 할까
고춧잎도 데쳐서 나물로 무치고
풋고추는 추려서 냉동실에 넣어두고
푸른 토마토는 올해도 장아찌를 만들어봐

남은 것은 온통 사랑을 기다리는 시간

꽃밭 한쪽 쪽빛 용담 오른편 끝 흰용담꽃을 들여다본다
알에서 깨어나 아직 눈도 제대로 뜨지 못한 둥지 안의 아기새들이
어미새의 푸르륵거리는 날갯짓을 알아듣고 일제히 입을 벌리고 칭얼거리
는 모습을 본 적이 있다
흰용담꽃을 들여다보며 그런 생각이 스쳐간다
생각처럼 경계를 긋지 않고 시공을 넘나드는 것이 또 어디 있을까
그런 영혼을 꿈꾸던 날들이 있었다 이렇게 남루해지리라고 누군들
스스로를 내다볼까
가을이 오고 가을이 간다

가을 단장에는 처마 끝에 걸어놓는 곶감만 한 것이 없을 것이다
가을 푸른 하늘 아래 주홍빛 고운 꽃등을 걸어 세상을 환히 밝히는
감나무 한쪽 풍경을 토도독~ 떼어다가
주렴처럼 주렁주렁 곶감을 건다
혼자 감을 깎고 혼자 감을 엮어 걸어놓았지만 찾아오는 이들이 즐거워
할 것이다
한 줄에 다섯 개씩 엮었는데 주인 몰래 따 먹으라고
몇 줄은 개수를 한두 개씩 더 붙여놓기도 했다
가을 집 밖 인테리어가 끝나고
이번 주까지 몸을 슬슬 부리면 나뭇간에 땔감나무들 채워질 것이니
이제 남은 것은 온통 먼 북쪽을 기다리는 시간
곶감이 익어갈 것이다
가을이 오고 가을이 간다 🍃

있을 비

쏜살,
시위를 떠난 살 같다더니
입동도 지나고 내일모레면 작은 눈이 오신다는 소설이잖은가
한 해가 휘리링~ 이렇게 다 지나왔다니

부실부실 내 지금의 상태가 부실부실하다고 내리는 부실비,
님하~ 더 있으라고 이슬비라던가
그만 이제 가시라고 그만 가랑께 가랑비라던가
동안 나는 뭐 하며 여기까지 왔나
비 내리는 아침 사진첩들 들여다보다가
재재작년 그러니까 '그러께'라고 해야 하나
그날 오늘 아침은 서리가 내렸구나

그러니까 나는 지금 건너온 시간을 들여다본다는 것인데
그런 걸 일러 성찰이라고도 하는데
ㅎ~ 옛 사진을 보며 성찰을 한다라

재작년엔 동치미를 담갔군
올핸 무가 맛이 드는 건 고사하고
채 자라지도 않았는데

한 살 나이를 더한다는 것,
삶의 무게가 그만큼 무거워진다는 것인가
영혼이 조금쯤은 가벼워진다는 것인가
살아 있다는 것은 존재의 근원을 향한 질문으로부터
아직은 견디고 있다는 것

작년 오늘은 광주리에 늙은 호박고지가
서리서리 또아리를 틀며 말라가고 있었고

뒤돌아본다는 것
지난 시간들 한 줄 한 줄
마음에 묻고 지워나간다는 것이리라
고구마 줄기처럼 우루루 뒤따라 나오는 기억의 풍경들
차마 소중하여 어찌할 수 없었던 것도
우수마발도…

문밖은 여전하네
아직은 있으라고 있을 비

사랑의 빛깔을

다시 또 저문다
한 해 동안 나는 또 얼마나 저물어왔을까
새해, 달력의 첫 장을 펼치던
설레고 두근거렸을 기억을 떠올려본다
꿈꾸거나 염려하던 것들 분명 있었을 것이다
12월, 달력의 마지막
몇 줄 남지 않은 활자들을 보며
시간의 저편으로 넘어간 약속들을 들춰보며
아쉽고 안타까운 일들과
고맙고 감사한 일들을 더듬어본다

즐거운 일만 있었을까
따뜻한 감동과 위로의 말들만 있었겠는가
큰소리가 오가며 노화가 치솟았던 시간들이 얼굴을 화끈거리게 한다
그냥 웃으며 넘어갔어야 했던가
꼭 그렇게 단죄를 하듯 추궁해야 했던가
오랜 인연의 관계를 싹둑 베어내듯 잘라버렸어야 했던가

만나고 헤어진다
만나고 헤어지던 인연의 그 시간들이 물들여놓은
사랑의 빛들을 생각한다

사랑하는 것들만 생각하자
사랑하는 시간들이 물들인 그 연분홍을
붉은 열정을 잊지 말자 🌿

앗–

밤새 눈이 오기도 했다
악양에는 1년에 어쩌면 한두 번
겨우 짝사랑하는 이에게 입맞춤의 선물을 받듯이
눈이 내려서 마당에도 마을로 내려가는 길 위에도 눈이 쌓여서
이런 날이면 행복한데 너무 행복한데
어린 날 뒷집 대밭에 가서 대를 베어 쪼개고 다듬어 연살을 만들고
푸대종이로 방패연을 만들어 하늘에 날리기도 했지
서툰 고사리손으로 만든 연은 이내 땅바닥으로 곤두박질쳤다
연은 빙빙 맴을 돌다 감나무에 걸리기도 했고
균형을 잡는다고 한쪽 귀퉁이에 종이를 둘둘 말아 감기도 했다
그렇게 멀리 조금씩 더 멀리 내 어린 날의 연을 날아 올렸다

아니 넌 뭐냐
앗–
독수리가 왔따
정말 겨울이 온 거는 맞네
독수리가 왔따
악양의 하늘에 들녘에 저 큰 날개를 펴서 맴을 도는
독수리가 왔따

3부
·······
그러니까 나를 약 올리려고

향기를 찾아서

여기저기 꽃 소식이 들렸으며
꽃들 기다리기도 했다
꽃의 무엇을 기다렸는가
그 자태인가, 색인가, 향기인가
사람도 마찬가지일 것이다
미추(美醜)에 대한 것이 외모만을 말하는 것이 아닐진대
사람의 품성처럼 꽃에게도 품성을 논한다면 향기를 뜻하지 않을까
또한 그런 품위 있는 향기가 다른 무리와 다투지 않고
홀로 고고한 매화 향기 같은

184

옛사람들이 매화를 귀하게 여긴 까닭이 이 때문이 아니겠는가
꽃이 피고 난 후의 낙화 또한 마찬가지다
자리에 연연하지 않고
나아갈 때와 물러날 때를 아는 사람이라면

한 오 년 전쯤 기사를 통해 보았다
진주 경상대학교에 가면 노란매화가 피는데
………………
………………

중국이 원산지인 이 매화는 노란매화, 황매라고도 불렀는데
섣달에도 핀다고 섣달 납 자를 써서 납매(臘梅)라고 하기도 하고
꽃잎이 투명한 밀랍 같다고 해서 납매(蠟梅)라 불리기도 한단다

진주수목원에 가서 보물찾기처럼 찾아다니다가
한 그루 발견하고
아 어찌 이런…
인세(人世)에 어찌 이렇게 맑고 단아한 품위를 가진 향기가
납매의 향기에 취해서 비틀거렸다
킁킁
내게는 어떤 냄새가 날까 으으
고리고리 고약한…

소박한 밥상과 흰수선화

겨울을 견뎌온 것들,
작은 텃밭에서 시금치와 배추를 뽑아 다듬고 뜨거운 물에 살짝 데쳐서
죽염으로 심심한 간을 하고 참기름 한 방울,
옛날에는 된장도 조금 넣고 마늘도 다져서
좀 더 자극적인 나물무침을 했는데 입맛이 변한 것인지
한 그릇의 밥을 비우며 내 입맛의 변천을 곰곰 떠올린다
어린 날 날달걀에 왜간장을 넣고 비벼 먹던 최고의 밥상과
초등학교 졸업식 때 처음 먹어보던 짜장면의 추억-
지금도 짜장면은 결코 거역할 수 없는 유혹이다

그리고 소고기가 어쩌다 헤엄을 치고 있는 뭇국이나 미역국
이런 봄날 푸른 보리싹을 넣고 끓인 다디단 된장국
1년에 한두 번 고향 집을 가면 어머니가 끓여주시던 꽃게탕과
이맘때쯤의 법성포 준치회와 소주

수선화꽃 한 송이 드디어 포문을 열었다
재작년 제주도의 풍경에 미친 또 한 사람, 그림 그리는 술꾼 강요배 형이
택배로 한 상자 보내온 것인데 이사하느라 몸살이 심했던지
내내 무소식이다가
며칠 전 꽃대를 밀어 올리더니 오늘 아침 처음 꽃잎을 열었다
금잔옥대라고도 부른다던가,
황금의 잔에 백옥의 잔받침을 하여 술을 마시면 어떤 기분이 들까
아무렴 저 꽃 옆에 앉아 술잔을 기울인다거나
수선화꽃 한 송이 술잔에 띄워 마시는 것만 할까
한 송이 흰수선화꽃 향내가 절정의 매화들과 더불어 온종일 푸른 샘물
을 길어 올린다 🌿

뜨거운 사랑

봄날 늦기는 늦었지만
어김없다

상사화 새싹들이 불쑥
언 땅을 뚫는다
초록의 힘은 어디서 오는 것인가
어떤 그리움이, 어떤 꿈이, 그 어떤 것이
상사화를 꿈틀거리게 하는 것인가
저 파릇파릇거리는 힘찬 노래
세상을 향한 그대의 사랑 같은 것인가

붉고 뜨겁다
홍매화 꽃송이

오늘 청매화 한 송이
홍매화 세 송이 피었다
뒤꿈치를 들어도 모자라다
야 너 왜 그렇게 높이 올라가 있는 거냐
숫다리 숫다리
의자를 올려놓고
쿵쿵
봄빛 속에 나가 종일 향기롭다

봤다

뒷동산
노란 양지꽃이 피고
허리 숙인 꼬부랑 할미꽃이 피고
봄날 꽃들의 햇살 아래 걷고 있는데
야호
눈앞이 환하다

심
봤
다~

음 좌우를 살펴 장소를 확인해두고
집으로 내려가 약초 캐는 호미를 들고

우북하게
뒷동산 한 모퉁이
달래 한 무더기 캤다
캐놓은 달래 여기저기 산비탈 군데군데
조금씩 나누어 심어놓고
한 주먹 가지고 내려와서

혼자 먹기 미안하다
누가 오겠지 누가 오면 그래 달래강된장을 끓여
같이 먹어야겠지
이런저런 행복한 생각
자꾸 웃음이 실실 나온다
룰루랄라~
행복은 어디에 있는가
오늘 한 무더기 달래가 준
행
복

찬란하다

봄밤, 문밖에 나갔는데 앞마당이며 개울가
청매화꽃이 피어 환하다
저것 필시 흰나비 떼가 내려앉아 있거나
매화나무들이 가지가지마다
수많은 작은 꽃등을 내걸고 있는 것이다
향기로운 매화나무 아래 꽃의 추를 내놓고 지그시 눈을 감는다
쉬~ 음~ 매화꽃 향기
향기는 코끝을 타고 온몸에 가득 번져나간다
매화꽃 그늘에 앉아 술잔을 기울여야 하는데…

산수유와 매화꽃과 깽깽이풀꽃이 한창이다
꽃봉오리가 쑥 올라온 깽깽이풀꽃이,
그러니까 해금을 거꾸로 들고 보는 모습과 닮았다
아마 그래서 깽깽이풀꽃이라는 이름을 붙였으리라
어제 아침 10시쯤 찰칵

12시쯤 다시 찰칵 하려는데 앵앵거리며 꿀벌이 날아온다
그래 너도 함께 찰칵,
얼마나 많은 꽃들을 찾아 떠돌았을까 기웃거렸을까
뒷다리에 노란 꽃가루를 통통하게도 매달았다
화알짝 만개를 했다 내일모레쯤이면 꽃잎을 떨굴 것이다

한 꽃이 피고 한 꽃이 진다
한 꽃이 지고 또 한 꽃이 핀다
나 또한 그대 안에 거듭하여 지고 피기를

그대의 향기도

누군가는 물질로부터 행복을 느끼고
누군가는 사회적 정의의 실천·실현으로부터
또 누군가는 마음의 평화와 고요로부터 행복을 생각한다
그 길 위에 비바람의 고난이
별빛과 달빛과 맑은 햇살의 날들이 오고 갈 것이다

겨울을 건너온 모란이 봄날을 물들인다
놀라워라
작은 꽃눈이 견뎌낸 시간 속에 키우고 있던 것

축복처럼 아침이
살짝 빗방울 보석을 뿌리고 갔다
모란의 촉촉한 향기가 싱그럽다
어어~
콧속으로 행복이 들어오네
물든다 코끝에서부터 마디마디 온몸이 물든다
흠흠~
냄새로부터 행복이 오다니

오늘, 그대가 피워 올리는 삶의 향기로
친구들이, 주변 동료들이, 이웃이 세상에서 따뜻하겠지요

봄날 이부자리

첫물차, 더군다나 곡우(穀雨) 하루 전날
말 그대로 우전찻잎을 땄다
나는 서울에서 악양에서 그야말로 정성껏
아주 열렬히 달렸으므로
오전에 잠시 잠깐 찻잎을 따다가 이내 돗자리를 칠성판처럼 깔고 누웠으며
우리가 쓰는 차밭의 특성상 찻잎이 와르르 쏟아지는 곳은 아니어서
하루 종일 딴 찻잎의 양이 얼마나 되겠는가
그래도 이게 어딘가
향기로운 초록
저 초록을 거둔 자들의 손길에 축복이 있으리라

망설였다 녹차를 만들까 생각하지 않은 것 아니었으나
마음만 굴뚝일 뿐
몸이 따라 주지 않아서 결국 발효차로 돌아섰다
곡우 전, 우전 발효차를 만들고 싶었노라고
애써 변명을 했다
다음 날 다른 이들 찻잎을 따러 간 사이
햇볕에 시들키고 그늘에 옮겨 다시 더 시들킨 후
다섯 번을 비비고 푼 찻잎
아랫목에 미리 묻어두어 한껏 뜨거워진 항아리에 담고 발효에 들어갔다
예순 시간을, 이틀 하고도 반나절을
찻잎은 뜨거운 항아리 속에서 산화와 발효 과정을 거칠 것이다

작년 이맘때쯤 빨지 않았을까
1년 동안 얼마나 많은 사람들이 이 집에 들락거리며 잠을 잤을까
냄새나는 이부자리 군말 없이 깔고 덮어주신 이들을 위해
또한 나를 위해
먼동이 트는 아침부터 빨래를 시작했다
세탁기를 한 열 번은 돌렸을까
이제 마지막 세탁기가 돌아간다

빨랫줄에는 하루 종일
봄 햇살이 쨍쨍거렸으며
가끔 처마 끝 풍경을 흔들며 노래하는 바람도 한몫을 단단히 했다
오늘 밤 고실고실 봄 햇살을 껴안고 자는 행복

나는 잠시 후

오늘 저녁 순천만 유스호스텔 강의가 있어서 가야 하므로

누릴 수 없다

내일 오후는 또 고향 법성포 굴비의 날 행사

축시를 낭송해야 하므로 역시 느낄 수 없다

누가누가 누릴까

쥔장도 없는 집에서 봄 햇살을 담뿍 안은 봄날 이부자리

작고 하얀 소리

오월, 그대 또한 몸과 마음
싱그러운가
풋풋한 것들,
밀려오는 초록이 눈부셔서 못내
못 견디겠는가
크고 화려한 빛깔들이 부끄러웠을까
아침, 무성한 봄날 속에서 누가 부른다
다가가 보았다 잎새들 뒤쪽
작은 방울 소리가 숨어 있다

은방울꽃,
은방울꽃이~
여기저기 상처들
작은 벌레들이 갉아먹었구나
한마디 할까?
부끄러워하지 마라
그대 또한 한 생애를 다해 부르는 노래라는 걸
그대 또한 몸을 휘감은 시대의 질곡에 얽히고설켜 고통스럽다는 걸
알고 있어 그래그래
네 소리에 귀 기울이고 있어
이제 고래고래 소리 내지 않아도 돼

크고 높은 외로움이 널 키우는 거야
사랑해!

방 안에서는 첼로와 거문고 소리를 들으며
발효차가 익어가고
뜰엔 은방울꽃 작고 하얀 방울 소리가…

비파나무에 내리는 비

이사를 온 다음 해 봄
구례 장날 장 구경을 갔는데
산림조합 앞을 지나가는 내 눈에 띄었다
저 나무,
사실 이름이 이뻐서 샀다 비파나무,
해남 미황사 요사채 앞에 서 있는 나무를 처음 보았던 기억이
발걸음을 멈추게 했을지도 모른다

10년이 되어서야 올해 처음 열매를 맺었다
푸른 비파 열매를 들여다보며
비파~
하고 불렀더니 넓은 비파나무 잎에 튀어 오르는 빗방울 소리가
조용히 현을 고르는 소리처럼 들려온다
비파, 비파~
비파나무 이파리에 비가 파랑파랑 내리네
우리 집 양철지붕 위에도
비파비파 비가 파랑파랑 내린다

자 드시오~

장마가 시작되었다는데
얼마나 내리려나
올해도 지루한 습기만이 엄습하며 강우량은 별로 없는
건들장마로 끝나버리는 것은 아닌가 몰라
제발 가뭄을 해소해주는 넉넉한 장마였으면
어제는 양철지붕 때리는 빗소리를 들으며
이런 생각, 저런 궁리,

모습을 그려보다가
향기를 떠올리다가
사람들을, 꽃들을,
사람들의 향기를,
꽃들의 자태를,

함박꽃이라는, 산목련이라는,
향기롭고 자태 고운 꽃을 생각하다가
함박나무꽃 같은 사람은 누굴까 생각을 해보다가

집으로 올라오는, 내려가는 개울가
푸른솔 님이 만들어준 바람개비들이
모두 낡고 삭아서 다 떨어져 나간 그 자리 짙은 자주색을 매달았다

바람개비를 달게 된 이유도
경사가 높아서 운전하는 이들의 시야 확보가 잘 되지 않아
위험하다고 했기 때문이었다

'자주 고름 입에 물고 옥색 치마 휘날리며'
뭐 그런 자주색 옷고름은 아닐지라도
바람에 날리며 춤을 추는 자줏빛을 보며 그럴듯하다고
흠흠 괜찮은데 고개를 끄덕이기도

드디어 익어간다
아니 먹을 만하게 익기도 했다
약 한번 해주지도 않았는데
벌레와 벌들에게 내어주고도 내게 먹을 만큼의 큼직하고 맛있는 자두를
남겨놓았다
아으^^ 새콤달콤 향기롭고 맛있는 자~~~~ 두~

자~~~ 드시오
자두 드시오
자~ 두~~~~~

이것 하룻밤 숙성시켜서

그러니까 내 팔뚝만 한
가지들을 따다가
뚜벅뚜벅 썰어서 칼집을 두 번 내고 찜통에 넣어서
잘 익었나 젓가락으로 콕~
그러나 잠깐, 꼭 지켜야 한다
너무 무르지 않게

가지 속에 들어갈 소를 만들어야지
텃밭에 나가 부추와 깻잎과 고추를 따고
양파도
도마 위에 칼의 노래가 울린다

송송송 다다다다~
간장과 매실효소와 고춧가루를 넣고
조물락조물락

칼집을 낸 가지를 젓가락으로 살짝
벌리고
손을 사용해도 되지만
젓가락을 사용해서 소를 집어넣는데
다시 또 잠깐 주의!
젓가락으로 해야 가지가 터지지 않고
소가 깊이 들어간다

자 이렇게
칼집이 난 곳이 네 곳이니까

돌려가면서
준비된 소를
쏙쏙 쑥쑥 쑥 넣었시유

매번 가지무침만 해서 먹었는데
뭐 새로운 가지 요리가 없을까
생각하다가
흐음 그렇지 룰루랄라~♬
그게 있었지 가지선이라고 하는 가지소박이

아효효효~
맛있는 가지소박이 하룻밤 숙성시켜서
먹어야지
냠냠 🍃

감자감자 감사

어제의 일상이 오늘 다시 반복이라면,
일상이 쳇바퀴를 돌듯 늘 반복되며 반복하는 것이라 여겨진다면
그 상태 말하지 않아도 안다
얼마나 따분하고 무기력할까
그러나 그 따분하고 무기력해지는 몸과 마음을 한 번쯤 다른 생각으로
돌려본다면
이를테면…
사진첩을 보니 2012년 7월 9일 텃밭에서 감자를 캐며 찍은 사진이 있다
그때 그 감자들은 누가누가 맛보았을까

2007년 7월 10일은 텃밭에서 캔 감자를 밥에 얹어 쪄 먹은 날이다
그때 감자들 밥에 얹기만 했을까
감자전이며 감자를 넣고 끓인 된장국,
굵직굵직 썰어 넣고 조린 갈치감자조림,
풀을 쒀서 담그는 대신 생감자를 갈아 넣고 만든 열무물김치,
화상을 입었을 때 화상 부위의 화독을 빼내는 쓰임으로 생감자를 갈아
붙이는 등…

오늘은 며칠 전 캔 감자와
진도지기 고서방 부부가 보내온 호박을 넣고 쪄서
일용할 양식으로 먹고 있네

세상에 반복되는 똑같은 일상이 어디 있을까
눈 들어보면, 귀 기울여보면,
찬란하지 않은 일상이 어디 있겠는가

감자에 싹이 나고 잎이 나서 쌤쌤쌤~ ♬
나는 감자를 먹고 감자는 내 거시기를 먹고 나는 또 그 감자를,
음~ 이 울트라캡쏭 초초초 초강력한 윤회,

감자가 맛있습니다 호박도 맛있습니다
나는 감자를 좋아합니다 나는 호박도 좋아합니다
사랑이 식으면 다시 덥혀야 하지만
감자와 호박은 식은 것을 더 좋아합니다
감자가 여기 밥상에 올라오기까지의 건너온 시간들을 생각합니다
호박이 여기 밥상에 올라오기까지의 반짝이던 땀방울들을 생각합니다
날마다 새로운 선물, 다시 눈을 뜨며 맞이하는 아침,
오늘의 일상이며 인연들이여~ 고맙습니다 🌿

나쁜 녀석들과 꽃

점점 치닫는다
초복을 향해 양철지붕은 뜨겁게 달아오른다
뒤뜰 사과나무
몇 해 전 산사태로 죽은 홍옥나무 이후
올해 처음으로 부사나무
비록 보잘것없이 남루한 꼴이지만 열댓 개나 달렸다
그 아래 풀들 한 번 쳐주기는 했는데 장마철 어느새 풀들이 무성하다
베어줘야 하는데 눈길이 머물다 미루고 미루는 사이
모처럼 사람들이 찾아왔다
집에 사람 소리가 들린 지 꽤 오랜만이다
그런데 차를 마시고 나간 소리들이 밖에서 뭐라고 뭐라고
아니 이런 천벌을 받을 만행을

사과를,
그것도 아직 내가 그 작은 볼을 만져보지도 않은 사과를,
글쎄 사과를 따다가 먹는 것이다
저 사과는 내게 소녀다
풋풋한 풋내가 나는

욕을 퍼부어도 듣는 둥 마는 둥
녀석들은 좋아라고 뒤뜰로 다시 가는 모양인데

뭐 세 명이 한 개씩도 아니고 다섯 개나 따 먹었다고
그중 미안해서 나 먹으라고 하나 가져다준 사과

아직 더 자라야 하는데
고발한다 규탄한다
이건 도덕적 잣대와 사회적 통념의 윤리성을 넘어
미성장 사과를 통째로 따 먹은
인간이 아무리 막 나간다고는 하나 어찌 이렇게도 잔인할 수 있는가
나쁜 녀석들 그 녀석들의 신상을 까발려버릴까

그럼에도 불구하고 그 넘놈들이 왔다 간 자리
꽃이 피었다
세상사가 그와 같지 않을까 생각해본다

가시연꽃이 피었다
가시연꽃이 위로한다
다 괜찮다고

남해 아가씨

남해 가는 길 바닷가
아저씨 집에 따라가면 잘 해주겠다는 감언이설에 혹하여
때마침 부는 모래바람에 그만 고개를 끄덕이고 말았던
아니 아니 어찌 되었든
10여 년 전 다짜고짜 트럭을 타고 온 아저씨에게 잘리고 찢겨서
엉겁결에 강제로 떠나온 남해 아가씨
그 아가씨가 탈 없이 잘 자라며 꽃 피울 때 나는 얼마나 행복했던가
그 아가씨의 순결한 꽃잎들이
방 안을 향기로 물들이는 봄날은 또한 얼마나 감미롭던가
그리하여 찻잎의 향기에 더해지는 날이면

그래 구름 위를 떠가는 기분이었지
떨어지는 꽃잎 아까워 그릇에 담고
한 그릇 향기로운 고봉밥을 차리기도 했지

흰해당화 꽃나무 알을 품듯 새끼들을 치고 또 쳐서
여기저기 시집보내기도 했다
화순으로 안동으로 양수리로 광양으로 부산으로 여수로
시집가서 잘 사는지
이제는 공소시효가 훨씬 지났으니
남해군청에서 내 절도 행각을 고발해도

상관없겠으나 그래도 어찌 되었든
장물애비의 마음은 아니고
진짜 애비의 마음으로 가보기도 했다

흰해당화는 봄, 그러니까 오월이 절정이다
오월이 지나 이런 늦여름에도
가을이 오는 구월 시월에도 이렇게 꽃이 피기는 하지만
때깔이 썩 곱지만은 않다
그래도 그 향기
흔들림 없다
곱다
다르지 않다

흰해당화 새순
불쑥거리며 몇 가지 옆으로 솟아났다

삽으로 질끈질끈 푹푹 질러놓았다
모근으로부터 떨어져 잔뿌리가 생기게끔 해놓은 것이다.
대여섯 포기쯤 될 것 같다
혹여 흰해당화 아가씨 곁에 두고 보실 분
손드시라고
오월 봄날이면
이다지 이다지 어여쁜

춤을 추다 죽고 싶어
사위에 감겨 날아오르고 싶어
흰나비 한 마리 허공을 가른다
봄날 눈 들어보면 꽃들 꽃들
그 눈부셔 투명한 슬픔 속에
흰나비 한 마리 날아오른다
- 〈봄날 춤을 추다 죽음을 보다〉

마음의 어디에 점을 찍을까

금강경의 과거심, 현재심, 미래심 중
어느 마음에 점을 찍을 것이냐는 물음에 막힌
금강경만을 공부했던 스님과 떡장수 할머니의
문답이 전해오는 점심에 얽힌 이야기가 있다
한쪽으로만 치우침에 대한 경계를 말한 것이겠지만
우리 집 오이들은 왜 이렇게 한쪽으로만 치우쳐
불쑥불쑥 불거지고 숨어 숨어서 노각이 되어버리는지

내 마음의 점심 노각에 두었다
그 큼지막한 노각 하나 깎아서 속을 발라내고
성큼성큼 썰어서 들기름을 치며
휘리링 휘리링 볶다가
아 물론 소금간을 살짝 했다는

노각이 익는 동안
푸다닥 뛰어나가 텃밭에서 풋고추 세 개 따다가
다다다닥 다다다다닥
다져놓고

지난겨울이었나,
누가 방앗간에서 사준 들깻가루를 찾아서
한 그릇 물에 풀고 마찬가지로 여기에도 소금간을 좀 해서
오이가 투명해지는 상태처럼 익어갈 즈음
물에 푼 들깻가루를 피리릭~

저어라 사공아 일엽편주 두둥실~♬
낙화암 그늘 아래 울어나 보오오오 자~♪

보글보글 자글자글
저어라 저어라 눌지 않게 저어라
저어라 저어라 저어서 남 주냐 남준아
잘 저은 노각들깨죽 한 그릇,
열 각시 안 부럽다^^

점심, 어제 내 마음에 점심,
모시개떡 두 개와 노각들깨죽 한 접시

＊추신: 이 음식 달지 않습니다. 아 단맛이 살짝 들게 하려면 양파를 넣어
끓이거나 매실효소를 살짝 첨가하면 좋습니다음 🌿

나는 그러나 그대들은

덤불 속 늙은 호박은 다 어디로 갔나
잔뜩 애호박들만 보인다
작년에 말려둔 애호박고지 아직도 많이 남아 있어서 꺼내보았더니
벌레들 잔뜩 피어나서 오늘 부엌살림 정리하며 거름더미에 버렸는데
저것들 어찌하나
날씨도 좋지 않아서 말리지도 못하고
에고

어제 점심과 저녁은 이렇게 먹었다
호박과 식은 밥과 묵은 김과
독이 오를 대로 오른 텃밭의 홍고추, 풋고추들과
멸치와 다시마로 낸 육수에 된장으로
간을 맞춰서
자글자글 자박자박 끓였으니까
이걸 뭐라고 해야 하나
그러니까 애호박된장국에 식은 밥을
만 것은 아니고
좌우지간 묵은김치볶음 딱 한 가지
내놓고 뚝딱

그런데 오늘 점심도 또 호박을 먹을까, 먹어야겠지
온몸에서 애호박 냄새가 들끓겠구나
화장실 가는 길 치자나무에 매달려 대롱대롱
곧 떨어질 것 같기도 하고
치자나무가 힘에 부쳐서 휘청휘청 쓰러지고 있는 꼴을 어찌 보냐고
뚝 땄다 뚝 따서 할 수 없이 또
그러나 오늘은 국으로 끓였다
그리고 마당에 나가 이 나무,
저 나무, 나무들 바라보다가

산수유나무 잎이 조금 물들어가는군
자두나무 잎은 벌써 붉었네
그리고 푸른 구절초 잎도 한 장 따서
어제보다는 좀 쓸쓸하지 않군
옛날에 이런 짓을 처음 시작한 계기가
혼자 먹는 밥이 참 쓸쓸하고 목이 메어서 밥상 위에 나뭇잎이나 꽃을
ㅡ_ㅜ;; 🍃

그녀의 치마

펑 퍽~
정말이지 그렇게 소리가 났다
물봉숭아 꽃씨가 터지며 나는 소리에
깜짝 놀란 적이 있다
평상시
그녀들은 대개 붉은 치마를 입고 있다

그런 그녀들이 아주 가끔 나를 만나는 날이면
노란 치마를 입고 나온다
지리산 심원마을에 갔더니
이렇게 그녀들이 옷을 갈아입었다
노랗게

작년 가을 해남에 갔을 때
달마산 오르는 길목
도솔암 아래
와글와글 앞을 다투며
흰 치마를 입고
마중 나와 있는 그녀들을 만났다
십수 년도 전에 백담사 계곡에서 헤어진 후
기약도 없어서 늘 가슴 어디께가 허전하고는 했는데

물봉숭아꽃도 손톱에 물이 들까
궁금하기는 했지만 한 번도 해보지는 않았다
아니 해보겠다는 생각도 하지 않았다
왜냐하면
초가을 산행을 하다가 산자락에 피어 있는
희고 붉고 노란 물봉숭아꽃들이
사전 경고도 한마디 없이
안돼, 이건 반칙이다
예고도 기척도 전혀 없이
탕~
내 가슴을 온통 물들여버렸기 때문이다
훌쩍훌쩍 흑흑
아 으악새 슬피 우는 가을이다

옥수수와 로즈마리와

엊그제 도연가마에 갔을 때
물론 그 어떤 것보다 두 분이 어여쁜 것은 사실이나
거기 잘 여문 열매
노란 햇살을 가득 담아서 나란히 나란히
이쁘게도 매달려 있는 옥수수
우리 집에도 옥수수 잘 열렸었는데
어떤 녀석 둘이 그 옥수수
하나도 못 먹게 만든 일이 생각나서 ㅎㅎ

저 옥수수 씨알 얻어다 내년 봄에 심어볼까

옥수수가 열리면 다 익을 때까지
그 녀석 둘 다 출입금지시킬까

우리 집에 그간 일부러 들여놓지 않은 것이 있다
세상이 다 하나라지만
초록별 지구에 사는 생명들 굳이 구분하고 분별해서 무엇하겠는가만
되도록이면 이 나라에 사는 야생화가 아니면 누가 가져다줘도 슬그머니
다른 집에 줘버리고는 했다
했는데 우리 집에 와서 사는 녀석이 있다
로즈마리,
향기가 좋아서 그 전부터 한번 마당에 놔야지 했는데
올봄 차차차 때 서울에서 이사를 와 이처럼 잘 살고 있다
점점 아침저녁으로 쌀쌀해지는 날씨가 걱정이 되어 찾아보니

영하 5도 아래로 내려가면 견디기 힘들다고…

뒤쪽에 사는 둥굴레는 벌써 잎이 노랗게 시들어가는데
푸른빛이 싱싱하다
처음 왔을 때보다 키도 거의 두 배는 자라고 몸집도 부풀어서
뜰 앞을 오갈 때 쓰다듬으며 킁킁~ 기분 좋은 향기에 취하고는 한다
아무튼 올겨울을 잘 나야 내년 봄에 꽃을 볼 수 있을 텐데
어떻게 겨울 날 수 있겠느냐 건너갈 수 있겠느냐고
....

대답이 없네
마당에서도 괜찮을까 아니면 작은 온실을 만들어 줘야 하나

구절초꽃들이 점점 별빛을 닮아가서
잔치를 벌일 모양이다 아침이슬로 반짝이며
꽃단장에 한창 정성을 다하고 있다
저 구절초꽃을 보던 작년의 나도
저 구절초꽃을 피우는 작년의 구절초도
흐르고 흘러 여기까지 왔다
그래 그랬구나,
구절초꽃 앞에서 혼잣말을 중얼거린다

환하다

하루 이틀 집을 떠나 있다 돌아오면
작은 텃밭은 부쩍부쩍 자란다
흐 흐 뭇^^
왼쪽은 무, 오른쪽은 늦게 모종을 얻어와 심은 배추와
저절로 떨어져서 자라는 붉은 갓,
그리고 이제 줄기가 마르고 있는 도라지와 대파 몇 뿌리

괄목상대가 이러할까
무순 새싹을 솎아내며 두세 포기씩 남겨놓은 것들 중
너무 바짝 붙어 있는 것들과
자라는 속도가 더딘 것들을 마저 솎아낸다

모기장 텃밭 옆 부추밭에서 부추 한 줌 베고
솎아낸 무를 살짝 데쳐
쫑쫑쫑, 청양고추도 자근자근 쫑쫑쫑
들기름을 살짝 두르고 간장 똑똑
된장미역국, 추석 전에 담은 시큼하게 푹 익은
신 부추김치와 무말랭이 반찬

일부러 큰 양푼에 비볐다
젓가락으로 설렁설렁
밥보다 채소가 더 많이 들어갔다

이 밥이 여기 놓이기까지
모든 수고로운 땀방울들께
비바람의 시간과 해와 달 별빛들께
고맙습니다

냠냠 냠냠~
뚝딱
야호~

개울가 구절초가 환하다
달이 뜨지 않으면 않은 대로
달이 들면 달이 드는 대로

얼릉 받아가시요잉~

올해는 가을 발효차도 하지 못했다
이런저런 일로 바쁘기도 해서
구절초꽃차도 그냥 넘기는가 했는데
날짜를 짚어보니 몽탄 가는 일정이 들어 있다
흠흠 ~
오후 늦게라도 도착하면 되니까
가는 길에 조금 일찍
일손들 불러모아 만들어볼까

꽃 딸 때 꼭 물어보고 따시오
따도 되냐고 꼭 물어보고 따시요이~
흐흐^^

한 송이 한 송이
삼천궁녀 3천 송이쯤 따시라 했더니
뭐 오천 궁녀 송이쯤 땄을 거라나 뭐라나

씻고 쪄서 한 송이 한 송이
채반에 펼쳐 널어두고
몽탄으로 충주로 제천으로 다녀왔다.
뒤뜰 원두막으로 반짝이는 별빛이 흠흠

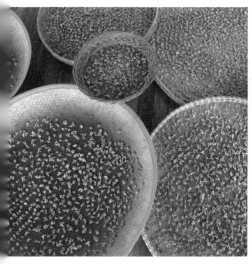

어디서 이런 향기가 나는 것일까?
호기심의 목을 길게 빼고 들여다봤을 것이다
지리산 자락 가을바람이 옷소매를 휘날리며 다녀갔을 것이다
달빛이 햇빛이 향기롭게 익어가도록 살폈을 것이다

구절초꽃차
만든 분들께 한 봉지씩 드리려는데
함께 따라온 사람들 빼고 줄 수 없어서 그분들께도 팍팍 인심 썼다
뭐 봉 잡은 것이지 그런데 정작
엥 두 사람이 빠졌네
모모 님 부부와 도도 양
두 분은 구절초꽃차 언능 받아가시요잉 잉~ 🍃

그러니까 나를 약 올리려고?

시월이다 어느덧 가을이 깊어간다
지난 봄과 여름
땀 흘려 일한 모든 지상의 생명들 저마다 다시 돌아올 기약을 한다
더 푸른 내일을 위해 나무는 나무의 일로 작은 풀들은 작은 풀들의 일로
범부채꽃씨도 언젠가는 돌아올 봄날을 위해
이렇듯 씨앗을 맺어 세상에 내놓는다
최선을 다한 것들, 어찌 꽃만이 아름답다 하겠는가
송알송알 윤기가 반질거리는 범부채꽃씨를 들여다보며
나는 어찌 살고 있는지 반문해본다 너, 어찌 살아왔는가

언젠가 구례에서 화개 가는 버스를 기다리는 시간, 한 시간도 더 넘게
기다려야 했다
무료하게 버스터미널에서 시간을 보내기가 지루하여 시장 구경을 갔는데
마침 장날이었다 그것도 파장 무렵
길 한 모퉁이에서 나무들을 파는 사내가 짐을 꾸리고 있다
거기 나무들을 기웃거리다가 목서라는 나무를 보았다
저거 금목서예요 은목서예요? 금목서라고 했다 한 그루 달라고 했더니
은목서도 있단다 이왕이면 금목서 곁에 은목서도 함께 심어보란다
내가 그랬다 아니요 저 혼자 사는 홀애비거든요
아무리 나무라지만 나도 혼자 사는데
둘이 함께 사이좋게 지내는 꼴 눈꼴 시려서 금목서만 살래요

내가 픽 웃으면서 대꾸를 하자
글쎄 그것도 좀 그렇네요 그 사내도 파안대소를 하며 따라 웃는다

며칠 전 마당에 나가니 무언가 달콤하고 향기로운 냄새가 코를 쿵쿵
거리게 한다
쿵쿵, 어디서 나는 것이야
마당 한쪽 나는 처음엔 금목서의 잎들이 노랗게 시들어가는 줄 알았다
꽃이었다 금목서가 처음 꽃을 피워 올렸다

모닝 똥을 보러 화장실에 갔다 화장실에 앉아 일을 보고 있는데 다시
또 달콤한 향기,
금목서의 향기가 한참 떨어진 반대편의 화장실까지 흘러드는 줄 알았다
화장실 옆에는 큰 차나무가 한 그루 있는데 그 곁에는 차나무와 비슷한,

그런데 찻잎과는 조금 다른 나뭇잎을 피워 올리는 나무가 함께 자라고
있었다
나는 그 나무가 차나무의 변종이나 종가시나무 종류가 아닐까 몇 년 동안
그렇게 생각했었다
향기는 화장실 옆 작은 창문을 통해 흐르고 있는 것이 분명했다
밖에 나가 살펴보니 아니 이게 웬일,
바로 그 나무가 금목서였다니, 주렁주렁 꽃을 매달고 있는 금목서를 보니
으으 저것들이 그러니까 은행나무처럼 두 그루가 되어서 꽃을 피우는
것인가
아닌데 그럴 일이 없는데 그렇다면 아니 저것들이 나를 약 올리려고?
화장실 옆 내 키보다도 더 큰 금목서도 올해 처음 꽃을 피웠다
너희들이 약속이나 한 것처럼 나를 약 올리려고 하지만 하나도 약 오르지
않는다
방문을 모두 활짝 열어놓는다 쿵쿵 쿵쿵 온 집 안이 향기롭다 🌿

카푸치노 위에 뿌려진

망설이다가 결국 고집을 꺾었다
흔들리지 않았다면 거짓이리라
결심을 하고 나자 이런저런 생각들로 마음이
들고 일어나기를 거듭해서
무리한 일정이었지만 약속한 일들 다 이행하고 마무리했다
조금쯤 마음의 빚을 갚은 것 같아서 홀가분하기도 하다

올해는 무 농사가 썩 신통치 않다
밖으로 나돌며 집에 붙어 있지를 않으니
오줌 거름이 턱없이 부족해서 고작 세 통밖에 주지 못했다
아침 일찍 무밭에 삭은 오줌 거름을 주고 물을 뿌리다가
작은 돌수조에 물을 채웠더니 잎 지는 흰해당화 가지와
가을 하늘이 먼저 달려와 얼굴을 내민다
거기 노란산국 꽃송이 띄운다
내 부유하는 마음도 산국처럼 향기롭기를 바란다면
그건 욕심일 테고

아랫집 감나무 가지에 먼저 익어버린 붉은 대봉감
대나무 장대에 그물망을 만들어서 따다가 평상에 내놓았다
감나무에 매달린 감 보며 군침만 꿀꺽 삼키지 말고
집에 오는 손님들 맛보시라고

내년 봄에는 비파가 많이 열리려나
발효차를 만들 무렵 노랗게 익어 맛볼 수 있겠지
그 봄 다시 맞이할 수 있겠지
무리무리 비파꽃이 초겨울을 부른다
꽃봉오리들이 계핏가루를 잔뜩 뒤집어쓴 것 같아서
어디서 계피향이 나는 것 같아서
코를 대고 킁킁거렸더니

비파꽃에서 연한 계피향이 난다
카푸치노 위에 뿌려진 그 계피향
눈이라도 올 것 같은 날이다
그런 하늘이다
〈The chopin project〉 음반을 올려놓고 밤 뜰을 서성인다

저 노란 빛을 무엇이라 부르나

저 은행잎의 가을을 기다림이라고 불러야 하나
옛날에 들었던 이야기 하나,
한 사내가 오랜 감옥 생활을 마치고 고향으로 돌아가는 버스 안에서
그의 아내가 그를 아직도 기다리고 있다면 마을 앞 나무에
노란 손수건을 걸어놓아달라는 편지를 썼다고,
그 사내의 이야기는 버스 안을 돌고 돌아
어느덧 그의 아내가 살고 있다는 마을 앞에 버스가 도착했을 때
얼마나 두근거리고 떨렸을까 그 사내,
그때 차마 눈을 뜨고 볼 수 없었던 사내의 두 귀에 들려오는 소리들,
버스 안의 모든 사람들이 기쁨으로 자아내는 저마다의 감탄사와 환호
성과 차창 밖 마을 앞 나무에 온통 노랗게 내걸린 '노란 손수건' 이야기
가 떠올랐다
대체로 사물을 바라보는 시각이 늘 그렇게 과거의 기억에서 자유롭지
못하고 얽매여 있다
저 노란 것을 무엇이라 이름할까 은행나무 아래 서서 올려다본다
내가 가 닿을 수 없는 무엇인가가,
알 수 없는 무엇인가가 한때는 설레었는데 반짝였는데

아주아주 연노란, 노란빛이 아주아주 조금 슬쩍 묻고 담긴
목화꽃이 지고
푸른 열매가 익어가던 어느 날 집 뒤쪽에서 뻥튀기 장사가 왔는지 뻥뻥

소리가 났다
달려가 보았더니 글쎄 뻥튀기 장사가
온 것이 아니고
목화가 터져 있었지 뭐야
목화 앞에 앉아 낄낄거렸다 너 나한테
지금 뻥 치고 있는 것이지 흐흐
저 하얀목화를 모아 솜이불을 만들
려면 음ㅡ 목화송이가 그러니까 하나 둘 백 안 되겠다
계산이 안 되는 머리로 끙끙거릴 일 있나
계산을 한들 무엇 하리
벌써 딱새 녀석들이 오고 가며 보고 미리 접수했을 것이다
내게 목화송이가 세 개나 있는 걸 알고
내년 봄이면 딱새 녀석이 둥지를 틀 때 필요하니 내놓으라고
날마다 꽥꽥거리며 칭얼댈 것이다 목화씨는 빼고 주어야겠지
내년 봄에는 목화씨를 몇 개 심어서 그러니까 가을에 목화가 몇 송이가
되어야
....
....
....

이만큼이면 솜이불을,
첫날 이불 같은 솜이불을 덮고 자면 흠흠 그날은 무슨 꿈을 꿀까…

도둑이 들었다

겨울이 슬그머니 오고 있었군
고수밭에 고수들이 제법 자랐다
이를 두고 빈대 냄새가 난다거나 노린재 냄새가 난다거나
말들이 제각각이지만
절간의 스님들이 침을 캘캘 흘리며 입맛을 다시는 풀이라는 것
아는 사람은 알 것이다.

어제 구례 아이쿱 비어락 홀 콘서트 때
그렇게 술 마시고 곯아떨어졌는데
밥 먹었을 리야,

전화해서 아점 겸 해장밥 먹으러 오라 했더니
안 온다네
흠 그럼 나 혼자 먹어야지
고수 몇 뿌리 캐서 다듬고 씻어

집간장과
멸치액젓과
물과
고춧가루와
매실효소와
붉고 푸른 풋고추 다진 것과
이런저런 과실식초로
양념장을 만들어서
거기에 김 몇 장 잘게잘게 찢어서 슬렁슬렁 흩뿌리고는
설렁설렁 젓가락과 숟가락으로
비벼서는
한입 가득 아웅~

내 몸 밖과
내 몸 안의 입안과 배 속 가득
퍼져가고 배어드는 향기로운 고수비빔밥이여
또 한 숟가락 입에 넣는다
고요히 눈을 감고 푸른 고수가 건너온 지난 시간을 떠올린다
음···

눈을 뜬다

어라 몇 술 뜨지도 않았는데
누구야 누군겨 누가 내 비빔밥 싹 돌라간겨
나왓 나오란 말이얌~ 🍃

마음의 호사

서울 가기 전부터
감기 기운이 내비치기 시작해서 조금 염려되기는 했다
아니나 다를까 목은 푹 잠겼으며 눈이 뜨겁다
어제 하루 아궁이에 불을 때고 이불을 뒤집어쓰며 끙끙댔다
뭘 좀 먹고 기운을 차려야겠다
그래 가기 전에 호박죽 끓여놓은 것이 있었지
덥혀서 상을 차린다

옛날에는 이렇게 먹었다
음식이란 입에 들어가서
배 속의 허기를 메워주면 되었던 것이다
반찬 통 꺼내놓고 그냥 먹으려다가
혼자라도 그렇지 이건 아니다
이렇게 먹으면 상처다 독이다
스스로의 마음에 쓸쓸한 그늘을 더한다

한결 낫다
굳이 격식을 차리려는 것은 아니나
접시에라도 덜어 먹어야 한다
조금은 수고스럽지만 음식도 상하지 않고
보기에도 서럽지 않다

이렇게 먹을까 하다가
잠시 마당에 나간다
요새 차꽃이 한창이지 않은가
늙은 사내가 좀스럽다고도 할 것이다
사치스러운 장식이 아니다
한편으로는 생존이기도 하며 눈을 즐겁게 하는 것이다
내 마음의 호사!

차꽃에게 인사
오늘은 너랑 같이 점심을 하네
상을 이렇게 빛내줘서 고마워~
군침이 돈다
감기몸살의 열기로 혀끝이 깔깔하던 차에 입맛이 생긴다
호박죽 먹고 얼른 일어나야지 보건소에 가서 약을 지어와야 할까?

라흐마니노프가 밀려와서

루빈슈타인이 연주하는 쇼팽의 녹턴을
아주 가끔 올려놓고는 했다
음악의 장르도 그렇지만 악기가 주는 울림 또한
나이와 그 시간의 분위기, 상황, 장소, 감정,
계절 등에 따라서 달라지기 마련이었다
20~30대의 나이에는 주로 현악을,
그것도 바이올린보다는 무겁고 침중한
첼로 쪽의 정서에 가까이 있었으며
해금보다는 아쟁의 비장함이
내 안의 울음을 끌어내 지독하던 비애를
아주 무너지지 않을 만큼 걷어내주기도 했던 것이다

젊은 나이에 오히려 건반을 선호한다는데
40대 후반 50대에 이르러 피아노와 가까워졌다
쇼팽콩쿨의 영향인가
조성진의 쇼팽이 자주 들린다
하긴 나도 그 젊은 연주자의 시디가 두 장 있어서 근래 자주 듣고는 한다
부슬거리는 아침 모처럼 쇼팽 피아노 콘서트 1, 2번을 루빈슈타인의 연
주로 듣다가
오랜만에 라흐마니노프 피아노 협주곡 2번을…
밀려온다 밀려오는 것들 라흐마니노프 피아노 협주곡 2번

그래 문밖의 저 낙엽들…

토마토장아찌를 먹고
밀려와 쌓인 감기를 건반에 실어
낙엽처럼 떨쳐내야지

무안에서 가지고 온 양파와
냉장고에 남겨진 반토막 당근과
서리 내린 후 거둬들인 잔챙이 매운 풋고추 한 움큼 다진 것
들기름이 없어서 참기름으로 볶다가
밥솥에 남은 식은 밥을 털어 넣고 조금 더 볶다가
물을 붓고
죽을 끓여서

토마토장아찌 맛이 들었다
희아리고추도 함께 넣었는데
참 맵다 매운맛으로 감기 뚝 떨어지기를 바라며

보건소나 병원에 가서 주사 한 대 맞거나 링거 한 병 맞으라
주변에서 권했지만 그냥 두었다

  아픈 몸이
  아프지 않을 때까지 가자
  온갖 식구와 온갖 친구와
  온갖 敵들과 함께
  敵들의 敵들과 함께
  무한한 연습과 함께
  – 김수영, <아픈 몸이> 중에서

일찍이 시인 김수영이 그랬듯이
아플 때 아프도록 감기가 잘 놀다 갈 때까지
아픈 몸을 누려봐야지
우리는 얼마나 힘들게 사는가
바쁜 일상 탓에 주변을 의식하며
슬픔에 싸여 있을 때 슬픔을 참고 견디거나
쉬고 싶을 때 마음 놓고 쉬지도
즐겁게 놀지도 못하지 않는가

진수성찬이다
맛있는 죽 먹고
후식으로 텃밭에서 거둔 호박과 감자 쪄서
세상에 무엇을 더 부러워하랴
첫 가을 발효차 한잔 흠~ 🌿

첫날 장아찌

모두가 다 사라지는 것은 아닌 달이라는
십일월이 지나고
십이월,
다른 세상의 달,
침묵하는 달, 나뭇가지가 뚝뚝 부러지는 달이라 부르는 십이월,
얼음이 써럭 써그럭 얼고 있는데
정녕 시절을 잊었단 말이냐
아직도 파랗게 열리고 있는 토마토와 풋고추
그냥 두고 얼리는 것 미안하고 미안해서
따놓은 것 씻고 손질하여

간장과 매실효소와 물과 식초와
··················
인생이라는 세월도
비바람의 풍상이라는 간이 배어야
만남과 헤어짐의 분노도 녹아들고
미움이나 원망이나 한숨도 녹아들어서
시고 달고 맵고 짜고 쓰디쓴 사랑의 일들이 다 녹아들어서
그쯤에서 우러나는 맛이 든 장아찌 같은 사람의 나이
나도 이제 나잇값쯤은 좀 해야 하는데

양에 비해서
저런 간장이 모자라네 유리그릇도 모자라고
음…
간장 남은 것과 농부 형네표 멸치액젓과 물과 설탕과 식초를
더 넣어서 팔팔 끓이고 한소끔 식힌 뒤
우선 찜통에 넣고 탈탈 털어 마저 부었다
찜통에 담긴 것들은 식으면 대전에서 보내온 유리병에 담아야지

한 일주일쯤 뒤에 간장을 따라서 다시 끓여 식힌 뒤 부어놓으면
겨울나기 밑반찬 파란 토마토와 청양 풋고추 간장 장아찌가~ ~
짠지 단지 신지, 새콤달콤한지, 아직 간장 간도 안 봤다
궁금하다 궁금하면 한 열흘 뒤쯤 밥 먹으러 오셔
으… 으…
그나저나 손가락 마디가 엄청 맵다
고추에 간장이 잘 스미라고 대나무 뾰족하게 친 것으로 구멍을 낼 때
매운 물들이 손가락에 계속 흘렀는데
아으 화끈화끈 우야야

겨울 햇빛이 주는 선물

겨울답다 밤사이 얼음이 얼고
유리창에 하얀 김이 서렸다
아직 동치미도 담그지 않았는데 이제 슬슬 날짜를 잡아야겠다

날이 추워지고 햇빛이 쨍쨍거리면 무말랭이도 해야지
해야지, 해야지 푸대자루에 담아 마루 안에 들여놓았던 무를 씻는데
으으 손이 시리다 고무장갑을 낄 걸 그랬네 에이 물이 묻었는데
그냥 하자 아 시팍 손 시려라

이 정도면 되겠지
작년에는 너무 두껍게 썰기도 했지만 날이 좋지 않아서 거뭇거뭇
무말랭이 때깔이 좋지 않아 많이 골라냈었지

말라간다
말라간다
무말랭이가 말라간다
무말랭이는 말라가지만 몸속에 맛과 향기는 깊이 배어든다
사람의 시간들도 그러할까
마당 한편 햇볕에 말라가는 무말랭이를 보며 나도 햇볕에 나가 술독에
젖은 몸을 말려본다
겨울 햇볕이 눈부시다

양파를 갈고 사과를 갈고 마늘과 고춧가루와 매실효소와…
곧 무말랭이김치를 담가야겠다
아삭아삭 오도독오도독, 무말랭이김치 씹는 소리가 작은 방 안에 울릴
것이다

동동 치민다 동치미~

그러니까 인생도 이렇게 바짝 내몰려서야
정신을 차리거나
막판까지 게으름을 피우다가
미루고 미뤄둔 일을 하는가 보다
춥다
고드름이 열리고 돌수조가 꽁 얼었다
텃밭에 보온덮개로 덮어놓았던 무를
영하권으로 내려간다기에 뽑아놓은 날이 월요일이었다

누가 와서 손을 거들겠다는 것도 아닌데
더군다나 하필이면 이렇게 추운 날 동치미를 담그겠다고
면장갑을 끼고 나서 고무장갑 끼고서
무를 씻고 소금에 뒹굴뒹굴 둥글려서

동치미 항아리 위에 얹어놓을 무청과
붉은 갓은 덩치가 엄청 크게 자라서 두 포기
그것도 뿌리째 캐지 않고 잎만 한 바구리 뜯어 씻어놓고

무에 소금간이 밸 동안
소금물 끓여놓고 식을 동안
내일 서울 갈 준비

음 그러니까 목욕탕 가서 목욕도 하고
엥 참 최도사도 내일 서울 간다고 했는데
따르릉 어쩌고저쩌고
너 낼 일찍 목욕탕 가서 깨끗이 씻고 와라잉
양탕국 옆 빨강머리에서 이발도 하고
악양복지회관 3천 원 목욕탕 가서 목욕도 하고 돌아와서

꽃모양 문양 넣어서 당근 썰어놓고
당근과 우거지와
붉은 고추 따서 햇볕에 반쯤 말렸다가 냉동실에 넣어두었던 것 넣고
대파 손바닥 길이로 크게 썰고
마늘과 생강과 배와 양파 갈아서 망사 주머니에 넣어서 우거지 밑에 깔고
항아리 물을 잡는다
남실남실

엥 이거 뭐야 콧물이
그러고 보니 머리도 조금 지근거리네
감기 기운인가 따끈한 차 한잔 마시고 자야겠다

서울 갔다 와서
흠~ 틈이 나면 뒷산에 올라가
조릿대 몇 가지 꺾어다가 우거지 위에 놔야지 🌿

노랑 오토바이

광주 스튜디오에 가서 동네밴드 녹음을 했다
일전 공연했던 창작곡 여덟 곡 중 다섯 곡을 했다

　노랑 내 오토바이 달린다
　남들은 모두 스쿠터라 하지만
　노랑 내 오토바이 달린다
　나는야 오토바이 아 엠 라이더
　노랑 내 오토바이 달려봐
　세상은 온통 노랑노랑 노랗게 물든다
　노랑 하늘 노랑 나무 노랑 물고기 노랑 강 노랑 산 노랑 바다
　노랑 내 오토바이 달린다
　세상이 온통 노랗게 물든다
　세상이 온통 노랑노랑

이 노래 MR 가지고 다니며
가수로 공연 다니는 거 아닐까 몰라

그 온기만큼

두리번거린다 딱새 한 마리
눈 내린 아침 붉은 남천 열매 위에 앉아 휘파람을 분다
저 녀석 요새 내 주변을 알짱거린다
마당에 내려앉았다가 내가 나가도 멀리 가지 않고
겨우 몇 발자국 비켜 나앉는 게 고작이다
둥지를 근처 어디에 지었나
부엌 어디인가 아니면 화장실 속 어디 빈자리

얼마 전부터 문밖 스피커 통 옆 전선에 앉아 자는 모양이다
저녁 무렵 문을 열면 후르륵 날갯짓이 들려왔는데
도둑잠을 자다가 달아나는 소리였다
바닥에 똥이 벌써 다닥더덕이다
제비 둥지처럼 받침대라도 해줘야겠다

둥지를 짓고 산란을 해서 새끼들을 키울 때는
자신들의 분비물은커녕 새끼들의 배설물조차 한 방울
흘리지 않고 받아서 멀리 가져다 버리는 녀석들이었는데
그것참,
수컷으로 혼자 산다는 것은 나나 저 딱새나 비슷하구나

이 겨울
눈 내리는 시베리아 벌판 자작나무들은 어찌 살고 있을까
그 숲에 함박눈이 내리고
이명처럼 차이콥스키는 걸어오고 있을까
눈을 감으면
귀 기울이면
들려온다 교향곡 6번 〈비창〉

　 　 *　 　*　 　*　 　*　 　*
　 　*　 　 *　 　*　 　*　 　 *
　 　 　*　 　*　 　*　 　*　 　*
　 　*　 　*　 　*　 　*　 　*　 　*

자작나무 숲에 함박눈 내린다

*추신: 또 한 해가 저뭅니다. 잘 마무리하시겠지요
그 마무리로 여념 없겠지요. 상념 없기를, 회한 남지 않기를 어찌 바라
겠습니까만 모쪼록 강건들 하시기를, 그리고 고맙고 고맙습니다
저 이렇게 잘 살고 있는 것, 덕분입니다
느껴지시지요. 아주아주 티끌만큼, 그러나 맑고 포근하게
세상의 가슴이 우리가 지금껏 나눈 온기만큼 따뜻해졌다는 것을 🍃

시인이 산문집을 너무 자주 내는 것이 아니냐는 어떤 독자들의 애정 어린 질책 때문만은 아니었다. 어쩌다 들어오는 고마운 청탁을 어렵게 거절하며 산문 쓰지 않는다고 말했다. 산문집 『스님, 메리크리스마스』 원고를 넘기고 나서부터였다. 경제적으로 조금은 어렵더라도 잘 버티고 있었다. 그렇다고 시가 갑자기 좋아지지도 잘 쓰여 지지도 않았지만 말이다.

이 책은 그런 의미에서 본다면 스스로에게 다짐한 말을 번복한 꼴이 되지만 여기 실린 글들은 그간 10년 넘게 내가 인터넷카페 '악양편지'라는 곳에 마음이 일어나는 대로, 기분 내키는 대로 올린 글들을 한겨레출판사에서 발췌하여 엮은 것이므로 청탁 산문을 쓴 것이라 할 수 없으니 약속을 지키지 않은 것은 아니라고도 할 수 있다.

사실 약속을 어긴 일이 있다. 얼마 전 대통령선거를 앞두고 문재인 후보에 대한 원고 30매를 선거캠프로부터 청탁 받았다. 전화를 받고 처음에는 늘 해 왔던 대로 그간 산문을 쓰지 않는다는 약속과 원칙을 지켜왔으니 미안하지만 쓸 수 없다고 어렵게 거절했다. 망설였다. 내가 쓴 글이 조금이라도 도움이 된다면 하고 생각을 고쳤다. 이틀 후 다시 전화를 했다. 필자를 바꾸지 않았으면 글을 쓰겠다고 하며 산문을 썼던 것이다.

다시 이 책으로 돌아가서 초교를 놓고 살펴보니 그야말로 감정이

흔들리는 대로 휘두르듯 써놓은 글들이다. 얼굴이 화끈거리는 대목들도 곳곳에 띈다. 이걸 세상에 활자로 내놓아도 되는 것일까. 반문이 들기도 했다.

오랜 벗에게, 후배에게 보내는 안부이기도 하며 징징거리는 엄살과 어리광과 투정이기도 하다. 사랑하는 사람에게 보내는 두근거리는 연분홍 꽃편지이기도 하며 하루하루의 뻔하고 지루한 일상의 일기와 흔하디흔한 고백과 거친 낙서이기도 하다.

이 책이 나오기까지 더운 땀 흘리신 모든 분들께 감사드린다. 기꺼이 이 글의 글감이 되어준 내 삶의 이웃들, 새와 달과 양철지붕에 내리는 빗소리와 별과 나무 그리고 텃밭의 벌레와 채소들과 찾아오는 손님들과 뜨고 지는 해와 꽃등처럼 내걸린 곶감과 마당의 꽃들과 처마 끝 풍경 소리와 계절마다의 비바람과 눈보라에게 감사의 말을 전하네.

또한 깊은 밤 자꾸 방 안으로 기어들어오는 개울물 소리와 따뜻한 장작더미와 혼자 먹는 밥상의 쓸쓸함과 그 밥상 위의 장식이 되어준 생명들과 내 안의 웃음과 미움과 분노와 눈물과 슬픔과 사랑들께 깊이 허리 숙여 인사드리네. 고마워요 ^^

2017년 여름

박 남 준

박남준의 악양편지

하늘을 걸어가거나
바다를 날아오거나

ⓒ 박남준 2017

초판 1쇄 발행   2017년 8월 21일
초판 2쇄 발행   2017년 11월 30일

지 은 이   박남준
펴 낸 이   이상훈
편 집 인   김수영
기획편집   임선영 김수현 김준섭
마 케 팅   조재성 천용호 박신영 노유리
경영지원   정혜진 장혜정 이송이
디 자 인   DesignZoo

펴 낸 곳   한겨레출판(주) www.hanibook.co.kr
등   록   2006년 1월 4일 제313-2006-00003호
주   소   서울 마포구 효창목길 6, 한겨레신문사 4층
전   화   02) 6383-1602, 1603
팩   스   02) 6383-1610
대표메일   munhank@hanibook.co.kr

ISBN   979-11-6040-090-8   03810